TRANZLATY

El idioma es para todos

언어는 모든 사람을 위한 것입니다

Las Aventuras de Alicia en el País de las Maravillas

이상한 나라의 앨리스의 모험

Lewis Carroll

루이스 캐롤

Español / 한국어

Copyright © 2024 Tranzlaty
All rights reserved
Published by Tranzlaty
ISBN: 978-1-83566-878-8
Original text: Alice's Adventures in Wonderland
by Lewis Carroll (1865)
Abridged by Sam'l Gabriel Sons (1916)
www.tranzlaty.com

Por la madriguera del conejo
토끼굴 아래로

Alicia empezaba a cansarse mucho
앨리스는 몹시 피곤해지기 시작했다
Estaba sentada junto a su hermana en el banco de hierba
그녀는 풀밭에서 언니 곁에 앉아 있었다
Pero ella no tenía nada que hacer
하지만 그녀는 할 수 있는 일이 없었다
Su hermana estaba leyendo un libro
그녀의 여동생은 책을 읽고 있었다
una o dos veces Alicia echó un vistazo al libro
한두 번쯤 앨리스는 책을 들여다보았다
Pero el libro no contenía imágenes ni conversaciones
그러나 그 책에는 그림이나 대화가 전혀 없었다
«¿De qué sirve un libro sin imágenes?», pensó Alicia
"그림이 없는 책이 무슨 소용이 있겠어?" 앨리스는
생각했다
"¿Por qué un libro no tendría conversaciones?"
"왜 책에는 대화가 없을까?"
Pero tenía otras cosas que considerar

하지만 고려해야 할 다른 사항도 있었다
"Hacer una cadena de margaritas sería un placer"
"데이지 체인을 만드는 것은 즐거움이 될 것입니다"
"¿Pero vale la pena el esfuerzo de levantarse y recoger las margaritas?"
"하지만 일어나서 데이지를 따는 노력이 가치가 있습니까??"
No era tan fácil pensar en esto
이것은 생각하기가 그리 쉽지 않았습니다
porque el día la estaba haciendo sentir somnolienta y estúpida
그날이 그녀를 졸리고 바보처럼 만들었기 때문입니다
Pero de repente sus pensamientos se vieron interrumpidos
그런데 갑자기 그녀의 생각이 중단되었다
un conejo blanco de ojos rosados corrió cerca de ella
분홍색 눈을 가진 흰 토끼 한 마리가 그녀 곁을 달려왔다

No había nada demasiado notable en el conejo
토끼에 대해 지나치게 눈에 띄는 것은 없었습니다
y Alicia tampoco pensó que el conejo fuera notable
앨리스도 토끼가 대단하다고 생각하지 않았다

ni le extrañó que el Conejo hablara
토끼가 말을 했쯀 때도 그녀는 놀라지 않았다
"¡Oh, Dios mío! ¡Llegaré demasiado tarde!", se dijo a sí mismo
"이런! 너무 늦을 거야!" 그는 혼잣말을 했다
pero entonces el Conejo hizo algo que los conejos no hacían
그런데 토끼가 하지 않는 일을 토끼가 했어요
el Conejo sacó un reloj del bolsillo de su chaleco
토끼는 양복 조끼 주머니에서 시계를 꺼냈다
Miró la hora y luego se apresuró a seguir adelante
그는 시간을 보더니 서둘러 길을 나섰다
Alicia se puso en pie, asombrada
앨리스는 깜짝 놀라 벌떡 일어섰다
¡Nunca antes había visto un conejo con chaleco!
그녀는 양복 조끼를 입은 토끼를 본 적이 없었습니다!
¡Tampoco había visto nunca un conejo con reloj!
시계를 차고 있는 토끼를 본 적도 없었다!
Alicia ardía con una nueva curiosidad
앨리스는 새로운 호기심으로 불타오르고 있었다
y corrió por el campo tras el Conejo
그녀는 토끼를 쫓아 들판을 가로질러 달렸다
Llegó justo a tiempo para ver desaparecer al conejo
그녀는 때마침 토끼가 사라지는 것을 보았다
El conejo saltó a una gran madriguera
토끼는 커다란 토끼굴로 뛰어 내려갔다
¡En otro momento, Alicia bajó detrás del conejo!
또 다른 순간, 앨리스가 토끼를 쫓아 내려갔습니다!
La madriguera del conejo seguía recto como un túnel
토끼굴은 터널처럼 곧장 이어졌다
Y el túnel siguió avanzando a cierta distancia
그리고 터널은 얼마간 계속 이어졌다
Y entonces el camino de repente se hundió
그러다가 갑자기 길이 아래로 내려갔습니다
Alicia no tuvo ni un momento para pensar en detenerse
앨리스는 자신을 멈출 생각을 할 틈이 없었다
Se encontró a sí misma cayendo y abajo y abajo

그녀는 점점 아래로 떨어지는 자신을 발견했다
Parecía como si hubiera caído en un pozo muy profundo
마치 아주 깊은 우물에 빠진 것 같았다
O el pozo era muy profundo, o ella caía muy lentamente
우물이 너무 깊었거나, 아니면 아주 천천히 떨어졌거나,
둘 중 하나였다
porque tenía tiempo de sobra para caer
넘어질 시간이 충분했기 때문이다
Mientras caía, podía mirar a su alrededor
그녀가 넘어지면서 그녀는 주위를 둘러볼 수 있었다
Primero, trató de averiguar a dónde iba
먼저 그녀는 자신이 어디로 가고 있는지 알아내려고
노력했습니다
Pero el pozo estaba demasiado oscuro para ver nada
그러나 우물은 너무 어두워서 아무것도 볼 수 없었다
Luego miró a los lados del pozo
그러고는 우물의 옆면을 바라보았다
Y se dio cuenta de que había armarios a su alrededor
그리고 그녀는 그녀 주변에 찬장이 있다는 것을
알아챘습니다
y alrededor del pozo había estanterías de libros
그리고 우물 주위에는 온통 책꽂이가 있었다
Aquí y allá veía mapas y cuadros colgados de perchas
여기저기서 말뚝에 걸려 있는 지도와 그림들을 보았다
Al pasar, bajó un frasco de una de las estanterías
그녀는 지나가면서 선반 중 하나에서 항아리를 꺼냈다
El frasco estaba etiquetado por su contenido
항아리에는 내용물에 대한 라벨이 붙어 있었습니다
"MERMELADA DE NARANJAS"
"오렌지로 만든 마멀레이드"
**Pero, para su gran decepción, el frasco de mermelada estaba
vacío**
그러나 실망스럽게도 마멀레이드 항아리는 비어
있었습니다
No quería dejar caer el tarro de mermelada vacío
그녀는 빈 마멀레이드 항아리를 떨어뜨리고 싶지 않았다

y su caída fue muy lenta

그리고 그녀의 추락은 매우 느렸다

Así que se las arregló para poner el frasco de mermelada en uno de los armarios

그래서 그녀는 마멀레이드 항아리를 찬장 중 하나에 넣을 수 있었습니다

¡Abajo, abajo, abajo, ella cae!

아래로, 아래로, 아래로 그녀는 쓰러진다!

¿Llegaría alguna vez la caída a su fin?

언젠가 타락이 끝날 것인가?

No había nada más que hacer

달리 할 일이 없었다

así que Alicia pronto empezó a hablar consigo misma

그래서 앨리스는 곧 혼잣말을 하기 시작했다

—¡Dinah me echará mucho de menos esta noche, creo!

"디나가 오늘 밤 나를 몹시 그리워할 거야, 생각해봐야겠어!"

Dinah era la gata de Alicia

디나는 앨리스의 고양이였어요

"Espero que se acuerden de su plato de leche a la hora del té"

"티타임에 그녀의 우유 접시를 기억하길 바란다"

—¡Dinah, querida, desearía que estuvieras aquí abajo conmigo!

"디나, 얘야, 너가 나와 함께 여기 있었으면 좋겠어!"

Alicia sintió que se estaba quedando dormida

앨리스는 꾸벅꾸벅 졸고 있는 것 같았다

Y de repente, ¡pum! ¡golpe!

그러다가 갑자기, 쿵! 쿵!

Cayó sobre un montón de palos

그녀는 나뭇가지 더미 위에 쓰러졌다

y aterrizó sobre un montón de hojas secas

그리고 그녀는 마른 나뭇잎 더미 위에 내려앉았다

Y finalmente la larga caída por el agujero había terminado

그리고 드디어 홀 아래로 길게 떨어지는 것이 끝났습니다

Alicia no estaba herida en lo más mínimo

앨리스는 조금도 다치지 않았다
Y se levantó de un salto en un momento
그리고 그녀는 순식간에 벌떡 일어섰다
Alzó la vista, pero todo estaba oscuro sobre su cabeza
그녀는 위를 올려다보았지만, 머리 위는 온통 어두웠다
Frente a ella había otro largo pasillo
그녀 앞에는 또 다른 긴 복도가 있었다
y el Conejo Blanco seguía a la vista
그리고 흰 토끼는 여전히 시야에 있었다
Corría por el pasillo
그는 서둘러 복도를 걸어가고 있었다
No había un momento que perder
한 순간도 허비할 수 없었다
Alicia salió corriendo como el viento
앨리스는 바람처럼 달렸다
A la vuelta de la esquina giró el conejo
모퉁이를 돌면 토끼가 돌아 섰다.
Llegó justo a tiempo para oír al conejo
그녀는 때마침 토끼의 목소리를 들을 수 있었다
"Oh, mis orejas y bigotes"
"오, 내 귀와 수염"
"¡Qué tarde se está haciendo!"
"얼마나 늦어지고 있니!"
Estaba muy cerca del conejo
그녀는 토끼 뒤에 바짝 붙어 있었다
Dobló otra esquina
그녀는 다른 모퉁이를 돌아섰다
pero el Conejo ya no se dejaba ver
그러나 토끼는 더 이상 볼 수 없었다
Se encontró en un pasillo largo y bajo
그녀는 길고 낮은 복도에 있는 자신을 발견했다
La sala estaba iluminada por una hilera de lámparas de techo
홀은 일렬로 늘어선 천장 램프로 불을 밝히고
있었습니다
Había puertas por todo el pasillo
회관 주위에는 온통 문이 있었다

pero todas las puertas estaban cerradas con llave
그러나 모든 문은 잠겨 있었다
Caminó por un lado del pasillo
그녀는 복도 한쪽으로 쭉 걸어 내려갔다
Y ella había caminado todo el camino hasta el otro lado de la sala
그리고 그녀는 복도 반대편까지 걸어갔다
Había intentado todas las puertas
그녀는 모든 집을 방문해 보았다
Y caminó tristemente por el centro del pasillo
그리고 그녀는 슬픈 표정으로 복도 한가운데로 걸어갔다
"¿Cómo voy a volver a salir?"
"내가 어떻게 다시 나갈 수 있을까?"

De repente se encontró con una mesita
갑자기 그녀는 작은 탁자 위로 올라왔다
La mesa estaba hecha completamente de vidrio macizo
테이블은 전체가 단단한 유리로 만들어졌습니다
No había nada sobre la mesa, excepto una pequeña llave dorada
탁자 위에는 작은 황금 열쇠 외에는 아무것도

없었습니다
¡La llave podría pertenecer a una de las puertas!
열쇠는 문 중 하나에 있을 수 있습니다!
Pero, ¡ay! Algunas de las cerraduras eran demasiado grandes para las llaves
그러나 슬프게도! 일부 자물쇠는 열쇠에 비해 너무 컸습니다.
y para las otras cerraduras la llave era demasiado pequeña
그리고 다른 자물쇠의 경우 열쇠가 너무 작았습니다.
Pero, en cualquier caso, la llave no abrió ninguna de las puertas
그러나 어쨌든 열쇠는 어떤 문도 열지 않았다
Pero, ¿qué iba a hacer ella?
하지만 그 여자는 어떻게 해야 하였습니까?
Volvió a atravesar el pasillo
그녀는 다시 복도를 통과했다
Y esta vez se fijó en una cortina baja
그리고 이번에는 낮은 커튼을 발견했습니다
Detrás de la cortina había una puertecita
커튼 뒤에는 작은 문이 있었다
La puerta tenía unos quince centímetros de alto
문의 높이는 약 15인치였습니다
Probó la pequeña llave dorada en la cerradura
그녀는 자물쇠에 있는 작은 황금 열쇠를 시험해 보았다
Y para su gran deleite, ¡la llave encajó en la cerradura!
그리고 매우 기쁘게도, 열쇠는 자물쇠에 맞았습니다!
Alicia abrió la puerta
앨리스가 문을 열었다
Y encontró que la puerta daba a un pequeño pasillo
그리고 그녀는 작은 복도로 통하는 문을 발견했다
El corredor no era mucho más grande que una madriguera de ratas
복도는 쥐구멍보다 그리 크지 않았다
Se arrodilló y miró a lo largo del pasillo
그녀는 무릎을 꿇고 복도를 둘러보았다
Y ella vio el jardín más hermoso que jamás hayas visto

그리고 그녀는 당신이 본 가장 아름다운 정원을
보았습니다
¡Cómo anhelaba salir de ese oscuro salón
그녀는 그 어두운 복도에서 벗어나기를 얼마나
갈망했는지
cómo quería vagar entre esas flores brillantes
그녀는 그 밝은 꽃들 사이를 얼마나 거닐고 싶었는지
¡Qué genial se veían esas fuentes
그 분수를 상쾌하게 하는 것이 얼마나 시원해 보였는지
Pero ni siquiera podía meter la cabeza por la puerta
하지만 문틈으로 머리조차 들어갈 수 없었다
-¡Oh! -exclamó Alicia con tristeza-
"아," 앨리스가 슬픈 목소리로 말했다
"¡Cómo desearía poder plegarme como un telescopio!"
"망원경처럼 접을 수 있다면 얼마나 좋을까!"
"Creo que podría plegarme como un telescopio"
"망원경처럼 접을 수 있을 것 같아요"
"Si supiera cómo empezar"
"시작하는 방법을 알았더라면"
Alicia volvió a la mesa
앨리스는 다시 테이블로 돌아갔다
Existía la posibilidad de encontrar otra llave
다른 열쇠를 찾을 수 있는 기회가 있었습니다
O podría haber un libro de reglas
또는 규칙서가 있을 수도 있습니다
El libro podría decirle cómo plegarse como un telescopio
책은 그녀에게 망원경처럼 접는 방법을 알려줄 수
있었다
Esta vez encontró una botellita
이번에는 작은 병을 찾았습니다
—Esta botella no estaba aquí antes —dijo Alicia—
"이 병은 분명 전에 여기에 없었던 거야." 앨리스가
말했다
**y atada alrededor del cuello de la botella había una etiqueta
de papel**
그리고 병의 목에는 종이 라벨이 묶여 있었습니다

La etiqueta estaba bellamente impresa en letras grandes
라벨은 큰 글씨로 아름답게 인쇄되어 있었습니다
"BÉBEME"
"나를 마셔라"
—No, miraré primero —dijo ella—
"아뇨, 먼저 볼게요." 그녀가 말했다
"Veré si la botella está marcada como venenosa o no"
"병에 독이 있는지 없는지 확인하겠습니다."
porque nunca olvidó la lección sobre el veneno
독약에 대한 교훈을 결코 잊지 않았기 때문이다
"Si una botella está etiquetada como venenosa, es probable
que no esté de acuerdo contigo"
"병에 독성이 있다는 라벨이 붙어 있다면, 그것은 당신의
의견에 동의하지 않을 수밖에 없습니다"
Sin embargo, esta botella no estaba marcada como venenosa
그러나 이 병에는 독이 있는 것으로 표시되어 있지
않았습니다
así que Alicia se aventuró a probar el contenido de la botella
그래서 앨리스는 용기를 내어 병의 내용물을
맛보았습니다
Encontró el líquido bastante de su agrado
그녀는 그 액체가 아주 마음에 들었다
La bebida tenía una especie de sabor mezclado
그 음료는 일종의 혼합 된 맛이있었습니다
tarta de cerezas, natillas y piña
체리 타르트, 커스터드, 파인애플
Pavo asado, caramelo y tostadas con mantequilla caliente
칠면조, 토피 구이, 뜨거운 버터로 토스트
Y pronto acabó la botella
그리고 그녀는 곧 병을 다 마셨다
-¡Qué sensación tan curiosa! -exclamó Alicia-
"참 신기한 느낌이야!" 앨리스가 말했다
"¡Me estoy plegando como un telescopio!"
"나는 망원경처럼 접히고 있다!"
¡Y se estaba plegando como un telescopio!
그리고 그녀는 정말로 망원경처럼 접혀 있었습니다!

Ahora solo medía diez pulgadas de alto
그녀의 키는 이제 겨우 10인치에 불과했다
y su rostro se iluminó con sus pensamientos
그녀의 생각에 얼굴이 밝아졌다
Ahora ella tenía el tamaño adecuado para la pequeña puerta
이제 그녀는 작은 문에 적합한 크기였습니다
Ahora podía entrar en ese hermoso jardín
이제 그녀는 그 아름다운 정원에 들어갈 수 있었다
Pronto dejó de hacerse más pequeña
얼마 지나지 않아 그녀는 더 이상 작아지지 않았다
Decidió ir al jardín de inmediato
그녀는 당장 정원으로 들어가기로 했다
pero, ¡ay de la pobre Alicia!
그러나 슬프게도, 불쌍한 앨리스에게!
Llegó a la puerta
그녀는 문에 도착했다
Pero había olvidado la pequeña llave de oro
하지만 그녀는 그 작은 황금 열쇠를 잊어버렸다
Volvió a la mesa en busca de la llave
그녀는 열쇠를 찾으러 테이블로 돌아갔다
Pero se dio cuenta de que no podía llegar lo suficientemente alto
그러나 그녀는 자신이 충분히 높이 올라갈 수 없다는 것을 알게 되었습니다
Podía ver la llave claramente a través del cristal
그녀는 유리를 통해 열쇠를 아주 분명하게 볼 수 있었다
Trató de trepar por las patas de la mesa
그녀는 탁자의 다리를 기어오르려 했다
Pero el cristal era demasiado resbaladizo
그러나 유리는 너무 미끄럽습니다
Con el tiempo se cansó de intentarlo
결국 그녀는 노력으로 지쳐 버렸다
Y la pobre niña se sentó y lloró
그리고 가엾은 소녀는 주저앉아 울었다
Alicia se habló a sí misma con bastante brusquedad
앨리스는 다소 날카롭게 혼잣말을 했다

"¡Vamos, no sirve de nada llorar así!"
"이리 와, 그렇게 울어봐야 소용없어!"
"¡Te aconsejo que te detengas ahora mismo!"
"지금 당장 멈추는 게 좋겠어!"
En general, se daba muy buenos consejos
그녀는 대체로 스스로에게 아주 좋은 충고를 해주었다
aunque muy rara vez seguía sus propios consejos
그녀는 자신의 충고를 거의 따르지 않았지만
Y a veces era demasiado dura consigo misma
그리고 그녀는 때때로 자신에게 너무 가혹했다
y sus palabras hicieron que se le llenaran los ojos de
lágrimas
그녀의 말에 그녀의 눈에는 눈물이 고였다
Pronto sus ojos se posaron en una cajita de cristal
이윽고 그녀의 시선은 작은 유리 상자에 꽂혔다
La cajita de cristal estaba debajo de la mesa
작은 유리 상자는 탁자 밑에 놓여 있었다
En la caja de cristal había un pastel muy pequeño
유리 상자 안에는 아주 작은 케이크가 들어 있었습니다
En el pastel, algunas palabras estaban bellamente escritas
케이크 위에는 몇 가지 단어가 아름답게 쓰여져
있습니다
Las palabras habían sido marcadas con grosellas
그 단어는 건포도로 표시되어 있었다
"CÓMEME"
"나를 먹어라"
—Bueno, me comeré el pastel —dijo Alicia—
"그럼, 케이크는 내가 먹을게." 앨리스가 말했다
"y si el pastel me hace crecer, puedo llegar a la llave"
"그리고 케이크가 나를 더 크게 만든다면, 나는 열쇠에
닿을 수 있어"
"y si el pastel me hace más pequeño, puedo arrastrarme por
debajo de la puerta"
"그리고 케이크가 나를 더 작게 만든다면, 나는 문
아래로 기어들어갈 수 있어"
"así que de cualquier manera me meteré en el jardín"

"그러니까 어쨌든 나는 정원으로 들어갈 거야"

"¡Y no me importa cuál de los dos suceda!"

"그리고 나는 둘 중 어느 것이 일어나든 상관하지 않아!"

Se comió un pedacito del pastel

그녀는 케이크를 조금 먹었다

Y se habló a sí misma con ansiedad:

그리고 그녀는 걱정스럽게 혼잣말을 했다.

—¿De qué manera? ¿Hacia dónde?

"어느 쪽이요? 어느 쪽으로?"

Y se llevó la mano a la cabeza

그리고 그녀는 그녀의 머리에 손을 얹었다

Quería sentir de qué manera estaba creciendo

그녀는 자신이 어떤 방식으로 성장하고 있는지 느끼고 싶었습니다

Se sorprendió bastante al descubrir lo que había sucedido

그녀는 무슨 일이 있었는지 알고는 매우 놀랐습니다

¡Había permanecido del mismo tamaño!

그녀는 같은 크기를 유지하고 있었습니다!

Así que esta vez redobló sus esfuerzos

그래서 이번에는 노력을 두 배로 늘렸습니다

Y pronto terminó todo el pastel

그리고 곧 그녀는 전체 케이크를 완성했습니다

El charco de lágrimas
눈물의 웅덩이

-¡Esto se está poniendo cada vez más interesante! -exclamó Alicia-

"이거 점점 더 흥미로워지고 있어!" 앨리스가 소리쳤다

Se puede ver que estaba muy sorprendida

그녀가 매우 놀랐다는 것을 알 수 있습니다

"¡Me estoy abriendo como el telescopio más grande que jamás haya existido!"

"나는 이제껏 존재했던 가장 큰 망원경처럼 펼쳐지고 있다!"

—¡Adiós, pies! ¡Oh, mis pobres piecitos!

"안녕, 발! 오, 나의 불쌍한 작은 발이여"

"Me pregunto quién se pondrá sus zapatos por ustedes ahora, queridos".

"이제 누가 너를 위해 신발을 신어 줄지 궁금하구나, 얘들아?"

—¿Y me pregunto quién se pondrá las medias?

"그리고 누가 당신의 스타킹을 신을지 궁금합니다."

"Estaré demasiado lejos"

"나는 너무 멀리 떨어져 있을 것이다"

"No podré preocuparme más por ti"

"더 이상 너 때문에 괴로워하지 않을 거야"

Justo en ese momento su cabeza golpeó contra algo

바로 이 순간 그녀의 머리가 무언가에 부딪혔다

Había llegado al techo de la sala

그녀는 복도의 지붕에 도착했다

De hecho, ahora medía más de dos metros de altura

사실, 그녀의 키는 이제 2미터가 넘었습니다

Y al instante tomó la pequeña llave de oro

그리고 그녀는 즉시 작은 황금 열쇠를 집어 들었다

Y se apresuró a llegar a la puerta del jardín

그리고 그녀는 서둘러 정원 문으로 갔다

¡Pobre Alicia! No había mucho que pudiera hacer

불쌍한 앨리스! 그녀가 할 수 있는 일은 많지 않았다

Se acostó de lado

그녀는 한쪽으로 누웠다
Y miró al jardín con un ojo
그리고 그녀는 한쪽 눈으로 정원을 들여다보았다
Pero salir adelante era más desesperado que nunca
하지만 이를 헤쳐 나가는 것은 그 어느 때보다도
절망적이었다
Se sentó y comenzó a llorar de nuevo
그녀는 주저앉더니 다시 울기 시작했다
Siguió derramando galones de lágrimas
그녀는 계속해서 눈물을 흘렸다
Pronto había un gran estanque a su alrededor
얼마 지나지 않아 그녀 주위에는 커다란 웅덩이가
생겼습니다
Y el agua llegaba hasta la mitad del pasillo
그리고 물은 복도 반쯤 내려갔다
Al cabo de un rato, oyó un pequeño golpeteo de pies
잠시 후, 발이 덜컹거리는 소리가 들렸다
Oyó los pasos que venían de lejos
멀리서 발소리가 들렸다
Y se secó los ojos apresuradamente para ver lo que venía
그리고 그녀는 무슨 일이 일어날지 보려고 황급히 눈을
닦았다
Era el Conejo Blanco que regresaba
흰 토끼가 돌아왔다
Iba espléndidamente vestido
그는 화려하게 차려입고 있었다
Tenía un par de guantes blancos en una mano
그는 한 손에 흰 장갑을 끼고 있었다
y tenía un gran abanico de plumas en la otra mano
그리고 다른 손에는 커다란 깃털 부채를 들고 있었다
Llegó trotando a toda prisa
그는 매우 서둘러 걸어왔다
y murmuró para sí: "¡Oh! ¡La duquesa, la duquesa!
그는 혼잣말로 중얼거렸다. 공작 부인, 공작 부인!"
—¡Oh! ¡No será salvaje si la he hecho esperar!
"아! 내가 그녀를 기다리게 했다면 그녀는 야만적이 되지 않을까!"

Cuando el Conejo se acercó a ella, Alicia habló
토끼가 가까이 왔을 때, 앨리스가 말했다
Pero ella hablaba en voz baja y tímida
하지만 그녀는 낮고 소심한 목소리로 말했다
"Señor, por favor, deje de hacer lo que está haciendo por un momento"
"선생님, 제발 하던 일을 잠시 멈추세요"
El Conejo se sobresaltó violentamente
토끼는 몹시 놀랐다
Dejó caer los guantes blancos y el abanico de plumas
그는 흰 장갑과 깃털 부채를 떨어뜨렸다
Y se escabulló en la oscuridad lo más rápido que pudo
그리고 그는 가능한 한 빨리 어둠 속으로 허둥지둥 달아났다
Alicia recogió el abanico de plumas y los guantes
앨리스는 깃털 부채와 장갑을 집어 들었다
Y no paraba de abanicarse mientras seguía hablando
그리고 그녀는 계속 말하면서 자신을 부채질했다
"¡Querido, querido! ¡Qué extraño es todo hoy!"

"여보, 여보! 오늘은 모든 것이 얼마나 이상한가!"
"Ayer las cosas siguieron como siempre"
"어제는 모든 것이 평소와 다름없이 진행되었습니다"
—¿Era yo el mismo cuando me levanté esta mañana?
"오늘 아침에 일어났을 때도 나도 같았을까?"
"Pero si no soy el mismo, hay otra cuestión"
"하지만 내가 같지 않다면 또 다른 질문이 있습니다."
"¿Quién demonios soy yo?"
"나는 도대체 누구인가?"
"¡Ah, ese es el gran rompecabezas!"
"아, 정말 대단한 퍼즐이네요!"
Al decir esto, se miró las manos
그녀는 이렇게 말하면서 자신의 손을 내려다보았다
Llevaba uno de los Conejos, gusanos blancos
그녀는 토끼의 작은 흰 장갑 중 하나를 끼고 있었다
**No se había dado cuenta de que se había puesto el guante
mientras hablaba**
그녀는 이야기하는 동안 장갑을 낀 것을 눈치채지
못했다
"¿Cómo pude haber hecho eso?", pensó
"내가 어떻게 그럴 수 있지?" 그녀는 생각했다
"Debo estar haciéndome pequeño otra vez"
"나는 다시 작아지고 있는 것이 틀림없다"
Se levantó y se acercó a la mesa para medir su altura
그녀는 일어나서 자신의 키를 측정하기 위해 테이블로
갔다
**Descubrió que ahora medía aproximadamente medio metro
de altura**
그녀는 이제 자신의 키가 약 50미터라는 것을 알게
되었습니다
Y ella seguía encogiéndose rápidamente
그리고 그녀는 여전히 빠르게 줄어들고 있었다
Pronto descubrió cuál era la causa del encogimiento
그녀는 곧 수축의 원인이 무엇인지 알게 되었습니다
**¡El abanico de plumas la estaba haciendo más pequeña de
nuevo!**

깃털 부채가 그녀를 다시 작게 만들고 있었다!
Y dejó caer el abanico de plumas apresuradamente
그리고 그녀는 황급히 깃털 부채를 떨어뜨렸다
Dejó caer el abanico de plumas justo a tiempo para salvarse
그녀는 자신을 구하기 위해 때마침 깃털 부채를
떨어뜨렸다
Si se hubiera abanicado por más tiempo, se habría encogido por completo
그녀가 더 이상 부채질을 하지 않았더라면 그녀는
완전히 움츠러들었을 것이다
-¡Ha sido una fuga por los pelos! -dijo Alicia-
"그건 아슬아슬한 탈출이었어!" 앨리스가 말했다
Y se asustó mucho ante el cambio repentino
그리고 그녀는 갑작스런 변화에 상당히 겁을 먹었다
pero estaba muy contenta de encontrarse todavía en existencia
그러나 그녀는 자신이 아직 살아 있다는 것을 알게 되어
매우 기뻤다
—¡Y ahora, al jardín!
"자, 이제 정원으로 가자!"
Y corrió a toda prisa hacia la puertecita
그리고 그녀는 전속력으로 작은 문으로 달려갔다
Pero, ¡ay! La puertecita se cerró de nuevo
그러나 슬프게도! 작은 문이 다시 닫혔다
Y la pequeña llave de oro volvía a estar sobre la mesa de cristal
그리고 작은 황금 열쇠는 다시 유리 탁자 위에 놓여
있었다
"Las cosas están peor que nunca", pensó el pobre niño
"상황은 그 어느 때보다도 나쁘다"고 가엾은 아이는
생각했다
"Nunca antes había sido tan pequeño como esto, ¡nunca!"
"나는 이렇게 작았던 적이 없었어, 절대로!"
Al decir estas palabras, su pie resbaló
그녀가 이 말을 하는 동안, 그녀의 발이 미끄러졌다
¡Y en otro momento hubo un gran chapoteo!

그리고 또 다른 순간에 큰 물방울이 튀었습니다!
Estaba sumergida en agua salada hasta la barbilla
그녀는 턱까지 차오른 소금물에 잠겨 있었다
Su primera idea fue que de alguna manera había caído al mar
그녀의 첫 번째 생각은 그녀가 어떻게든 바다에
빠졌다는 것이었습니다
Sin embargo, pronto se dio cuenta de en qué estaba metida
하지만 그녀는 곧 자신이 어떤 상황에 처해 있는지
깨달았습니다
Estaba en un charco de lágrimas
그녀는 눈물 웅덩이에 빠져 있었다
las lágrimas que había llorado cuando tenía dos metros de altura
키가 2미터쯤 되었을 때 흘렸던 눈물

Justo en ese momento escuchó algo
바로 그때 무언가가 들렸다
Algo chapoteaba en la piscina
수영장에서 무언가가 튀고 있었다
El chapoteo venía de un poco más lejos

튀는 소리는 조금 떨어진 곳에서 나왔습니다
Y se acercó nadando para ver qué era el chapoteo
그리고 그녀는 물이 튀는 것이 무엇인지 보려고 더
가까이 헤엄쳐 갔다
Pronto vio que era solo un ratoncito
그녀는 곧 그것이 단지 작은 쥐에 불과하다는 것을
알았습니다
El ratoncito también se había metido en el agua
작은 쥐도 물속으로 미끄러져 들어갔다
Alicia pensó para sí misma sobre la situación
앨리스는 그 상황에 대해 속으로 생각했다
—¿Serviría de algo hablar con este ratón?
"이 쥐에게 말을 걸어도 소용이 있겠는가?"
"Aquí todo está tan al revés"
"여기는 모든 것이 너무 거꾸로 되어 있습니다."
"Creo que es muy probable que este ratón pueda hablar"
"나는 이 쥐가 말을 할 수 있을 가능성이 매우 높다고
생각해야 한다."
"En cualquier caso, no hay nada de malo en intentarlo"
"어쨌든, 노력하는 것은 나쁠 것이 없습니다"
Así que empezó a tratar de hablar con el ratón
그래서 그녀는 쥐와 대화를 시도하기 시작했습니다
"Oh Ratón, ¿conoces la forma de salir de esta piscina?"
"오 마우스, 이 수영장에서 나가는 길을 아세요?"
—¡Estoy muy cansado de nadar por aquí, oh ratón!
"여기서 수영하느라 너무 지쳤어, 오 생쥐야!"
El ratón la miró con curiosidad
생쥐는 다소 호기심 어린 눈빛으로 그녀를 바라보았다
El ratón parecía guiñar un ojo con uno de sus ojitos
쥐는 작은 눈 하나로 윙크하는 것 같았다
Pero el ratoncito no dijo nada
그러나 작은 쥐는 아무 말도 하지 않았다
"A lo mejor el ratón no entiende inglés", pensó Alicia
"아마 쥐가 영어를 이해하지 못할지도 몰라." 앨리스는
생각했어요
"Me atrevo a decir que es un ratón francés"

"감히 프랑스 쥐라고 말할 수 있습니다."
"tal vez este ratón vino con Guillermo el Conquistador"
"어쩌면 이 쥐는 정복자 윌리엄과 함께 왔을지도 모른다"
Así que empezó de nuevo, en francés
그래서 그녀는 프랑스어로 다시 시작했다
"¿Dónde está mi gato?", preguntó en francés
"내 고양이는 어디 있어요?" 그녀는 프랑스어로 물었다
era la primera frase de su libro de clases de francés
그녀의 프랑스어 수업 책의 첫 문장이었다
El Ratón dio un súbito salto fuera del agua
생쥐는 갑자기 물 밖으로 뛰어내렸다
y el ratón pareció temblar de miedo
그리고 쥐는 겁에 질려 온몸을 떨고 있는 것 같았다
-¡Oh, le ruego que me perdone! -exclamó Alicia apresuradamente-
"아, 용서를 구하네!" 앨리스가 황급히 외쳤다
Temía haber herido los sentimientos del pobre animal
그녀는 자신이 그 불쌍한 동물의 감정을 상하게 할까 봐 두려웠다
"Olvidé que no te gustaban los gatos"
"네가 고양이를 좋아하지 않는다는 걸 꽤 잊었어"
—¡No me gustan los gatos! —exclamó el ratón con voz estridente y apasionada—
"나는 고양이를 좋아하지 않아!" 생쥐가 날카롭고 열정적인 목소리로 외쳤다
—¿Te gustaría tener gatos, si fueras yo?
"당신이 나라면 고양이를 좋아할까요?"
Alicia consoló al ratón en un tono tranquilizador
앨리스는 달래는 어조로 쥐를 위로했다
"Bueno, tal vez a mí tampoco me gustarían los gatos si fuera tú"
"글쎄, 아마 나도 너라면 고양이를 좋아하지 않을지도 몰라"
"Por favor, no te enfades por la mención de los gatos"
"고양이 얘기에 화내지 말아주세요"
"Y, sin embargo, desearía poder mostrarte a nuestra gata

Dinah"
"그래도 우리 고양이 디나를 보여줄 수 있으면
좋겠어요."
"Si la conocieras, creo que te encapricharías de los gatos"
"당신이 그녀를 만난다면 나는 당신이 고양이를 좋아할
것이라고 생각합니다."
"Si tan solo pudieras verla"
"그녀를 볼 수만 있다면"
"Es una cosa tan querida y tranquila"
"그녀는 정말 소중하고 조용한 존재입니다"
El ratón temblaba por todas partes
쥐는 온몸이 떨리고 있었다
Alicia estaba segura de que el ratón debía de estar realmente
ofendido
앨리스는 그 쥐가 정말로 기분이 상했을 것이라고
확신했다
"No hablaremos más de ella, si prefieres no hacerlo"
"더 이상 그녀에 대해 얘기하지 않을 거야, 차라리 안
얘기하고 싶다면"
-¡Nosotros, en efecto! -exclamó el Ratón-
"정말로!" 쥐가 소리쳤다
El ratón temblaba hasta la punta de la cola
쥐는 꼬리 끝까지 떨고 있었다
—¡Como si fuera a hablar de un tema así!
"마치 그런 주제에 대해 이야기할 것처럼!"
"Nuestra familia siempre odió a los gatos"
"우리 가족은 항상 고양이를 싫어했어요"
"Gatos; ¡Cosas desagradables, bajas, vulgares!"
"고양이; 더럽고, 저열하고, 저속한 것들!"
"¡No dejes que vuelva a escuchar el nombre!"
"다시는 그 이름을 듣지 못하게 해!"
-¡No volveré a hablar de los gatos! -dijo Alicia-
"다시는 고양이 얘기하지 않을게요!" 앨리스가 말했다
Tenía mucha prisa por cambiar de tema
그녀는 몹시 서둘러 화제를 바꿨다
"¿Eres tú... ¿Te gustan los perros?

"당신은... 너 개 좋아하니?"
"Hay un perrito tan simpático cerca de nuestra casa"
"우리 집 근처에 정말 착한 작은 개가 있어요."
—¡Me gustaría enseñarte el perrito!
"작은 개를 보여주고 싶어요!"
"Este perrito mata a todas las ratas y...
"이 작은 개는 모든 쥐를 죽이고...
-¡Oh, querida! -exclamó Alicia en tono triste-
"오, 이런!" 앨리스가 슬픈 목소리로 외쳤다
"¡Me temo que te he ofendido de nuevo!"
"내가 또 너를 화나게 할까 봐 두렵구나!"
El ratón se alejaba nadando de ella tan rápido como podía
쥐는 가능한 한 빨리 그녀에게서 헤엄쳐 멀어지고
있었다
y el ratón hizo un gran alboroto en la piscina
그리고 쥐는 수영장에서 꽤 소란을 일으켰습니다
Así que llamó suavemente al ratón
그래서 그녀는 조용히 쥐를 불렀다
"¡Mi querido ratón, por favor vuelve!"
"내 소중한 쥐야, 제발 돌아와!"
"Y no hablaremos de gatos"
"그리고 우리는 고양이 얘기하지 않을 거야"
"Y tampoco tenemos que hablar de perros"
"그리고 우리는 개 얘기를 할 필요도 없어요"
Cuando el ratón escuchó esto, se dio la vuelta
이 말을 들은 쥐는 돌아섰습니다
Y el ratoncito nadó lentamente de regreso a ella
그리고 작은 쥐는 천천히 헤엄쳐 그녀에게 돌아왔다
La cara del ratón estaba bastante pálida
쥐의 얼굴은 꽤 창백했다
Y el ratón habló, en voz baja y temblorosa
그리고 쥐는 낮고 떨리는 목소리로 말했다
"Vamos a la orilla"
"바닷가로 가자"
"y luego te contaré mi historia"
"그럼 내 역사를 말해줄게"

"y entenderás por qué odio a los gatos y a los perros"
"그리고 당신은 왜 내가 고양이와 개를 싫어하는지 이해할 것입니다."
Ya era hora de partir
갈 때가 된 것이다
porque la piscina se estaba llenando bastante
수영장이 꽤 붐비고 있었기 때문에
Otros pájaros y animales habían caído en el estanque
다른 새들과 동물들이 웅덩이에 빠진 것이다
había un pato y un dodo
오리와 도도새가있었습니다
y había un pájaro lori y un aguilucho
그리고 로리 새와 독수리가있었습니다
Y había varias otras criaturas de aspecto interesante
그리고 몇 가지 다른 흥미로운 생물이있었습니다
Alicia abrió el camino para salir de la piscina
앨리스는 수영장 밖으로 나가는 길을 안내했습니다
Y todo el grupo de animales nadó hasta la orilla
그러자 한 무리의 동물들이 모두 물가로 헤엄쳐 갔다

Una carrera de caucus y una larga cola
코커스 레이스와 롱테일

De hecho, eran un grupo de animales de aspecto gracioso
그들은 정말로 우스꽝스럽게 생긴 동물 무리였습니다
Y todos se reunieron a la orilla del agua
그들은 모두 물가에 모였다
Todos los pájaros tenían las plumas desaliñadas
새들은 모두 깃털이 휘날리고 있었다
y los animales peludos estaban empapados
그리고 털이 복슬복슬한 동물들은 온몸에 흠뻑 젖었다
y todos estaban empapados, molestos e incómodos
그리고 모든 것이 뚝뚝 떨어지고 짜증이 나고
불편했습니다

Había una pregunta que había que responder primero
먼저 대답해야 할 질문이 하나 있었습니다
¿Cuál es la mejor manera de que todos se sequen?
모든 사람이 건조해지는 가장 좋은 방법은 무엇입니까?
Tuvieron una consulta sobre este asunto
그들은 이 문제에 대해 상의하였다
Pronto todos se sintieron en términos familiares
얼마 지나지 않아 그들은 모두 익숙한 사이가 되었다
Era como si los conociera de toda la vida
마치 평생 그들을 알고 지낸 것 같았다

El ratón parecía ser una persona de cierta autoridad
그 쥐는 어떤 권위를 가진 사람인 것 같았다
"¡Siéntense todos y escúchenme!"
"여러분 모두 앉아서 내 말을 들어라!"
"¡Pronto los volveré a secar!"
"곧 너희들을 다시 말리게 할 거야!"
Se sentaron todos a la vez, en un gran círculo
그들은 모두 동시에 커다란 고리 모양으로 앉았다
y el ratoncito se sentó en el medio
그리고 작은 쥐는 중간에 앉았습니다
—¡Ejem! —dijo el ratón con aire importante—
"에헴!" 생쥐가 의미심장한 어조로 말했다
"¿Están todos listos?"
"준비됐어?"
"Esto es lo más seco que conozco"
"이것은 내가 아는 가장 건조한 것입니다"
—¡Silencio por todas partes, por favor!
"원하신다면 사방에서 조용히 하세요!"
"Guillermo el Conquistador fue favorecido por el Papa"
"정복왕 윌리엄은 교황의 총애를 받았다"
"pero pronto fue sometido por los ingleses"
"그러나 그는 곧 영국인들에게 복종했다"
"Últimamente querían líderes"
"그들은 후기의 지도자를 원했다"
"Y se habían acostumbrado al poder y a la conquista"
"그들은 권력과 정복에 익숙해져 있었더라"
"Edwin y Morcar, los condes de Mercia y Northumbria"
"에드윈과 모르카, 머시아와 노섬브리아 백작"
—¡Uf! —exclamó el pájaro lori con un escalofrío—
"으윽!" 로리 새가 떨리는 목소리로 말했다
"e incluso Stigand, el patriota arzobispo de Canterbury"
"그리고 애국적인 캔터베리 대주교인 스티간드까지"
"A él también le pareció aconsejable"
"그는 또한 그것이 바람직하다는 것을 알았다"
-¿Qué le pareció aconsejable? -dijo el pato-
"어떤 게 좋을까요?" 오리가 말했다

—Le pareció aconsejable —replicó el ratón con cierto enfado—

"그는 그것이 바람직하다고 생각했습니다." 쥐는 다소 무뚝뚝하게 대답했다

Pero el pato no estaba satisfecho

그러나 오리는 만족하지 않았습니다

"Por supuesto, ya sabes lo que significa"

"물론, 당신은 '그것'이 무엇을 의미하는지 알고 있습니다."

—Sé lo que es cuando encuentro una cosa —dijo el pato—

"나는 물건을 찾으면 '그것'이 무엇인지 안다." 오리가 말했다

"Generalmente es una rana o un gusano"

"일반적으로 개구리나 벌레입니다"

"La pregunta es, ¿qué encontró el arzobispo?"

"문제는, 대주교가 무엇을 발견했는가 하는 것입니다."

El ratón no se dio cuenta de esta pregunta

마우스는이 질문을 알아 차리지 못했습니다

En cambio, el ratón continuó apresuradamente con el discurso

대신, 쥐는 서둘러 말을 계속했다

"le pareció aconsejable ir con Edgar Atheling"

"그는 Edgar Atheling과 함께 가는 것이 바람직하다는 것을 알았습니다."

"para encontrarme con Guillermo y ofrecerle la corona"

"윌리엄을 만나 왕관을 드리기 위해"

el ratón continuó, volviéndose hacia Alicia mientras hablaba

생쥐는 앨리스를 향해 몸을 돌리며 말을 이었다

—¿Cómo te va ahora, querida?

"여보, 지금 어떻게 지내고 있니?"

—Tan mojado como siempre —dijo Alicia en tono melancólico—

"여느 때처럼 젖었어," 앨리스가 우울한 어조로 말했다

"Esta historia no parece que me seque en absoluto"

"이 이야기는 나를 전혀 건조시키지 않는 것 같아"

—En ese caso —dijo solemnemente el dodo, poniéndose en

pie—
"그렇다면," 도도새가 엄숙하게 말하며 일어섰다
"Voto que se levante la sesión"
"회의를 폐회할 것을 투표합니다."
"y propongo la adopción inmediata de remedios más enérgicos"
"그리고 나는 더 적극적인 치료법을 즉각 채택할 것을 제안한다."
—¡Di palabras de verdad! —dijo el aguilucho—
"진짜 말을 해!" 독수리가 말했다
"No conozco el significado de la mitad de esas palabras largas"
"그 긴 단어의 절반의 의미를 모릅니다"
—¡Y, lo que es más, tampoco creo que tú lo sepas!
"그리고 더군다나, 너도 안다고는 생각하지 않아!"
—Lo que iba a decir —dijo el dodo en tono ofendido—
"무슨 말을 하려던 건지." 도도새가 기분 나빠하는 어조로 말했다
"Lo mejor para deshacernos sería una contienda electoral"
"우리를 말리는 가장 좋은 방법은 코커스 경선일 것이다"
—¿Qué es una contienda electoral? —preguntó Alicia
"코커스 레이스가 뭐야?" 앨리스가 말했다

—Bueno —dijo el dodo—, la mejor manera de explicarlo es hacerlo.

"글쎄요," 도도새가 말했다, "그것을 설명하는 가장 좋은 방법은 직접 해보는 것입니다."

"Primero el dodo trazó un hipódromo"

"먼저 도도새는 경마장을 표시해 놓았다"

"La pista estaba en una especie de círculo"

"트랙은 일종의 원 안에 있었습니다."

"Y luego todo el grupo se colocó a lo largo del recorrido"

"그런 다음 모든 파티가 코스를 따라 배치되었습니다."

No hubo "¡Uno, dos, tres y fuera!"

"하나, 둘, 셋, 그리고 떨어져!"

pero empezaron a correr cuando quisieron

그러나 그들은 그들이 원할 때 달리기 시작했다

Y también terminaban cuando querían

그리고 그들은 또한 그들이 좋아할 때 끝났습니다

Así que no era fácil saber cuándo había terminado la carrera

그래서 경주가 언제 끝났는지 알기가 쉽지 않았습니다

Después de media hora más o menos de correr, todos estaban bastante secos

30 분 정도 달리고 나면 모두 완전히 건조했습니다

el dodo gritó de repente: "¡La carrera ha terminado!"

도도새는 갑자기 "경주가 끝났어!" 하고 소리쳤습니다.

Y todos se agolparon alrededor del dodo

그리고 그들은 모두 도도새 주위로 모여들었다

Todos los animales jadeaban y resoplaban

모든 동물들이 헐떡거리며 숨을 헐떡이고 있었다

y todos querían saber: "¿Pero quién ha ganado?"

그리고 그들 모두는 "그러나 누가 이겼는가?" 하고 알고 싶어 했다.

El dodo no pudo responder de inmediato a esta pregunta

이 질문에 도도새는 즉시 대답할 수 없었다

Primero tuvo que pensar mucho

먼저 그는 많은 생각을 해야 했다

Después de pensarlo mucho, el Dodo finalmente habló

많은 생각 끝에 도도새가 마침내 입을 열었다

"Todos han ganado y todos deben tener premios"
"모두가 이겼고, 모두에게 상이 있어야 한다"
"¿Pero quién va a dar los premios?", preguntó un coro de voces
"하지만 누가 상을 줄 것인가?" 여러 목소리가 합창으로 물었다
—Bueno, ella, por supuesto —dijo el dodo—
"물론이지." 도도새가 말했다
y el dodo señaló con un dedo a Alicia
도도새는 한 손가락으로 앨리스를 가리켰다
y todo el grupo de animales se agolpó a su alrededor
그리고 모든 동물 무리가 그녀 주위로 몰려들었다
gritaron, de manera confusa: "¡Premios! ¡Premios!"
그들은 혼란스러워하며 "상품! 경품!"
Alicia no tenía ni idea de qué hacer
앨리스는 어찌할 바를 몰랐다
Desesperada, se metió la mano en el bolsillo
절망에 빠진 그녀는 주머니에 손을 넣었다
Y sacó una caja de dulces
그리고 그녀는 과자 한 상자를 꺼냈다
Por suerte, el agua salada no había entrado en la caja
다행히 소금물은 상자에 들어가지 않았습니다
Y repartió los dulces como premios
그리고 그녀는 과자를 선물로 건넸습니다
Había exactamente una pieza para todos
모두를 위한 딱 한 조각이 있었습니다
Lo siguiente que tenían que hacer era comer los dulces
그 다음으로 그들이 해야 할 일은 과자를 먹는 것이었다
Esto causó algo de ruido y confusión
이로 인해 약간의 소음과 혼란이 발생했습니다
Los grandes pájaros se quejaban de que no podían saborear sus dulces
큰 새들은 단 것을 맛볼 수 없다고 불평했습니다
Los pequeños se ahogaron y hubo que darles palmaditas en la espalda
작은 아이들은 숨이 막혀서 등을 두드려 주어야

했습니다
Sin embargo, al fin se acabó
그러나 결국 끝났다
y se sentaron de nuevo en un anillo
그리고 그들은 다시 둥글게 앉았다
Y le rogaron al ratón que les dijera algo más
그리고 그들은 쥐에게 더 많은 것을 말해 달라고
간청했습니다
—Prometiste contarme tu historia, ¿sabes? —dijo Alicia—
"너의 내력을 말해주기로 약속했잖아." 앨리스가 말했다
E hizo otro pequeño comentario sobre los gatos en un
susurro
그리고 그녀는 속삭이듯 고양이에 대해 또 한 번
언급했다
No quería volver a ofender al ratón
다시는 생쥐의 기분을 상하게 하고 싶지 않았다
el ratoncito se volvió hacia Alicia y suspiró
작은 쥐는 앨리스를 돌아보며 한숨을 쉬었다
—¡La mía es una larga y triste historia!
"내 이야기는 길고 슬픈 이야기야!"
—Es una cola larga, sin duda —dijo Alicia—
"확실히 긴 꼬리야." 앨리스가 말했다
Y miró con asombro la cola del ratón
그리고 그녀는 경이로운 눈빛으로 쥐의 꼬리를
내려다보았다
—¿Pero por qué le llamas cola triste?
"그런데 왜 슬픈 꼬리라고 부르는 거죠?"
Y ella seguía desconcertada al respecto mientras el ratón
hablaba
그리고 그녀는 쥐가 말하는 동안 그것에 대해 계속
수수께끼를 풀었습니다
de modo que su idea del cuento era más o menos así
그래서 이야기에 대한 그녀의 생각은 이랬습니다

"Fury said to
a mouse, That
he met in the
house, 'Let
us both go
to law: I
will prosecute
you.—
Come, I'll
take no denial:
We must have
the trial;
For really
this morning
I've
nothing
to do.'
Said the
mouse to
the cur,
'Such a
trial, dear
sir, With
no jury
or judge,
would
be wasting
our
breath.'
'I'll be
judge,
I'll be
jury,'
said
cunning
old
Fury;
'I'll
try
the
whole
cause,
and
condemn
you to
death.'"

Furia le dijo a un ratón: "Que se encontró en la casa"
분노가 쥐에게 말했다, 그는 집에서 만났다고."
Vayamos los dos a la ley: yo te procesaré
우리 둘 다 법으로 가자: 내가 너를 기소할 거야
Vamos, no aceptaré ninguna negación: debemos tener el juicio
이리 오라, 나는 부인하지 않을 것이다: 우리는 재판을 받아야 한다
Porque realmente esta mañana no tengo nada que hacer
정말 오늘 아침에는 할 일이 없습니다
Dijo el ratón al cur;
쥐가 커에게 말했다.
Un juicio así, querido señor, sin jurado ni juez, sería una pérdida de aliento

친애하는 각하, 배심원이나 판사가 없는 그런 재판은
우리의 숨을 낭비하는 것입니다
—Seré juez, seré jurado —dijo el astuto viejo Fury—
"내가 판사가 될 거야, 내가 배심원이 될 거야." 교활한
늙은 퓨리가 말했다
Juzgaré toda la causa y te condenaré a muerte
내가 모든 원인을 다 써서 너에게 사형을 선고하겠다
el ratón le habló severamente a Alicia
쥐는 앨리스에게 심하게 말했다
"¡No estás prestando atención!"
"넌 주의를 기울이지 않아!"
—¿En qué estás pensando?
"무슨 생각을 하고 있니?"
—Le ruego que me perdone —dijo Alicia muy
humildemente—
"용서를 구합니다." 앨리스는 매우 겸손하게 말했다
—¿Habías llegado a la quinta curva, creo?
"다섯 번째 굽이까지 간 것 같은데?"
"¡Me insultas diciendo tales tonterías!"
"그런 말도 안 되는 소리로 나를 모욕하는구나!"
Y el ratón se levantó y se alejó
그리고 쥐는 일어나서 걸어 나갔다
Alicia llamó al ratoncito
앨리스는 작은 쥐를 불렀다
"¡Por favor, regresa y termina tu historia!"
"제발 돌아와서 네 이야기를 끝내마!"
Y todos los demás se unieron a coro
그리고 다른 사람들도 모두 합창으로 합창했다
"¡Sí, por favor, termine su historia!"
"네, 제발 이야기를 끝내주세요!"
Pero el ratón se limitó a negar con la cabeza con impaciencia
그러나 쥐는 참을성 없이 고개를 저을 뿐이었다
Y el ratoncito caminó un poco más rápido
그리고 작은 쥐는 조금 더 빨리 걸었습니다
—¡Ojalá tuviera aquí a Dinah, nuestra gata! —dijo Alicia—
"우리 고양이 디나가 여기 있었으면 좋겠어!" 앨리스가

말했다

Esto causó una notable sensación entre el grupo
이것은 당내에서 놀라운 센세이션을 일으켰다
Algunos de los pájaros se apresuraron a huir de inmediato
몇몇 새들은 즉시 서둘러 떠났다
y un canario gritó con voz temblorosa a sus hijos;
카나리아 한 마리가 떨리는 목소리로 자식들을 불렀다.
—¡Váyanse, queridos míos!
"저리 가라, 얘들아!"
"¡Ya es hora de que estén todos en la cama!"
"너희들 모두 침대에 누워 있을 때가 됐어!"
Con varias excusas se fueron todos
그들은 여러 가지 핑계를 대며 모두 가버렸다
y Alicia no tardó en quedarse sola
앨리스는 곧 혼자 남게 되었다
—¡Ojalá no hubiera mencionado a Dinah!
"디나 얘기를 안 했더라면 좋았을 텐데!"
"Parece que a nadie le gusta aquí abajo"
"여기선 아무도 그녀를 좋아하지 않는 것 같아"
—¡Pero estoy seguro de que es la mejor gata del mundo!
"하지만 나는 그녀가 세상에서 가장 좋은 고양이라고
확신합니다!"
La pobre Alicia se echó a llorar de nuevo
가엾은 앨리스는 다시 울기 시작했다
porque se sentía muy sola y desanimada
그녀는 몹시 외롭고 우울했기 때문입니다
Al cabo de un rato, sin embargo, volvió a oír algo
하지만 잠시 후, 그녀는 다시 뭔가를 듣게 되었다
un pequeño golpeteo de pasos a lo lejos
멀리서 들려오는 작은 발자국 소리
Y ella miró hacia arriba ansiosamente
그리고 그녀는 간절히 위를 올려다보았다

El conejo manda al pequeño Sr. Bill
토끼는 작은 빌 씨를 보냅니다

Era el conejo blanco, que volvía trotando lentamente
흰 토끼가 다시 천천히 걸어갔다
Miraba a su alrededor ansiosamente mientras se alejaba
그는 가면서 걱정스럽게 주위를 둘러보고 있었다
Parecía como si hubiera perdido algo
그는 뭔가를 잃어버린 것처럼 보였다
Alicia le oyó murmurar para sí misma
앨리스는 그가 혼잣말로 중얼거리는 것을 들었다
—¡La duquesa! ¡La duquesa! ¡Oh, mis queridas patas!
"공작 부인! 공작 부인! 오, 내 소중한 발!"
—¡Oh, mi pelo y mis bigotes!
"오, 내 털과 수염!"
"Ella hará que me ejecuten, estoy seguro de eso"
"그녀는 나를 처형할 거야, 난 확신해"
—¡Tan cierto como que los hurones son hurones!

"페럿이 페럿인 것 처럼 확실합니다!"
"¿Dónde puedo haber dejado mis cosas, me pregunto?"
"내 물건을 어디에 떨어뜨렸을까?"
Alicia adivinó en un momento lo que estaba buscando
앨리스는 그가 무엇을 찾고 있는지 순식간에 짐작했다
Buscaba el abanico de plumas
그는 깃털 부채를 찾고 있었다
Y buscaba el par de guantes blancos
그리고 그는 흰 장갑 한 켤레를 찾고 있었습니다
Así que ella, muy bondadosamente, comenzó a buscar los guantes
그래서 그녀는 아주 친절하게도 장갑을 찾기 시작했습니다
Y también buscó el abanico de plumas
그리고 그녀는 깃털 부채도 찾았습니다
Pero los guantes y el abanico de plumas no se veían por ninguna parte
그러나 장갑과 깃털 부채는 어디에도 보이지 않았다
Todo parecía haber cambiado desde que se bañó en la piscina
수영장에서 수영한 이후로 모든 것이 변한 것 같았다
Nada era igual desde que estaba en el Gran Salón
그녀가 그레이트 홀에 있을 때와 지금과는 아무것도 같지 않았다
y la mesa de cristal había desaparecido
그리고 유리 테이블은 사라졌다
Y la puertecita tampoco estaba allí
그리고 작은 문도 거기에 없었습니다
Muy pronto el conejo se fijó en Alicia
토끼는 곧 앨리스를 알아차렸어요
—la llamó en tono airado
그는 화난 어조로 그녀를 불렀다
—Mary Ann, ¿qué haces aquí?
"메리 앤, 여기서 뭐 하는 거야?"
"Corre a casa en este momento"
"지금 당장 집으로 달려라"

—¡Y tráeme un par de guantes y un abanico de plumas!
"그리고 장갑 한 켤레와 깃털 부채를 가져와!"
—¡Y date prisa!
"그리고 서두르세요!"
Alicia se habló a sí misma mientras salía corriendo
앨리스는 도망치면서 혼잣말을 했다
—¡Debe de haberme confundido con su criada!
"나를 가정부로 착각한 모양이나 봐!"
"¡Qué sorpresa se quedará cuando se entere de quién soy!"
"내가 누군지 알게 되면 얼마나 놀랄까!"
Al decir esto, se encontró con una casita pulcra
그녀가 이렇게 말했을 때, 그녀는 깔끔한 작은 집을
만났습니다
En la puerta de la casa había una placa de bronce brillante
그 집의 문에는 밝은 놋쇠판이 달려 있었다
"W. CONEJO"
"W. 토끼"
Entró sin llamar a la puerta
그녀는 문을 두드리지도 않고 들어갔다
Y se apresuró a subir las escaleras
그리고 그녀는 곧장 위층으로 올라갔다
le preocupaba conocer a la verdadera Mary Ann
그녀는 진짜 메리 앤을 만날 수 있을지 걱정했다
porque entonces la echarían de la casa
그렇게 되면 그 여자는 집에서 쫓겨날 것이기
때문입니다
Y no sería capaz de encontrar el abanico de plumas y los
guantes
그리고 그녀는 깃털 부채와 장갑을 찾을 수 없을
것입니다
Alicia había encontrado el camino hacia una pequeña
habitación ordenada
앨리스는 깔끔한 작은 방으로 들어갔다
En la habitación había una mesa junto a la ventana
방 안에는 창가에 테이블이있었습니다
y sobre la mesa había un abanico de plumas

그리고 탁자 위에는 깃털 부채가 있었다
Y había dos o tres pares de diminutos guantes blancos
그리고 두세 켤레의 작은 흰 장갑이 있었다
Cogió el abanico de plumas y un par de guantes
그녀는 깃털 부채와 장갑 한 켤레를 집어 들었다
Y estaba a punto de salir de la habitación
그리고 그녀는 막 방을 나가려고 했다
Pero entonces sus ojos se posaron en una botellita
하지만 이내 그녀의 시선이 작은 병에 꽂혔다
Descorchó la botella y se la llevó a los labios
그녀는 병의 코르크 마개를 따서 입술에 가져다 댔다
"Espero que me haga crecer de nuevo"
"나를 다시 크게 키울 수 있기를 바랍니다"
"¡Estoy cansada de ser una cosita tan pequeña!"
"나는 그렇게 작고 작은 존재가 지겹다!"
Alicia apenas se había bebido la mitad de la botella
앨리스는 그 병의 절반도 마시지 않았다
Su cabeza ya estaba presionada contra el techo
그녀의 머리는 이미 천장에 밀착되어 있었다
Y tuvo que agacharse
그리고 그녀는 몸을 굽혀야 했다
para salvar su cuello de ser roto
그녀의 목이 부러지는 것을 막기 위해
Dejó apresuradamente la botella
그녀는 서둘러 병을 내려놓았다
"Con eso basta"
"그 정도면 충분해"
"Espero no crecer más"
"더 이상 성장하지 않았으면 좋겠어요"
¡Ay! ¡Era demasiado tarde para desearlo!
슬프게 도! 그것을 바라기에는 너무 늦었습니다!
Ella siguió creciendo y creciendo
그녀는 계속 성장하고 성장했습니다
y muy pronto tuvo que arrodillarse en el suelo
그리고 얼마 지나지 않아 그녀는 바닥에 무릎을 꿇어야
했다

Y aun así siguió creciendo
그리고 그 후에도 그녀는 계속 성장했습니다
Como último recurso, sacó un brazo por la ventana
최후의 수단으로 그녀는 한쪽 팔을 창문 밖으로
내밀었다
Y metió un pie por la chimenea
그리고 그녀는 한쪽 발을 굴뚝 위로 올렸다
"Ahora no puedo hacer más, pase lo que pase"
"이제 나는 무슨 일이 있어도 더 이상 할 수 있는 일이
없습니다"
—¿Qué será de mí?
"나는 어떻게 될 것인가?"

Alicia tuvo un poco de suerte
앨리스에게는 행운이 따랐다
La pequeña botella mágica había tenido todo su efecto
그 작은 마법의 병이 완전한 효과를 발휘한 것이다

y Alicia no creció más de lo que era
앨리스는 그녀보다 더 크게 자라지 않았다
Al cabo de unos minutos oyó una voz en el exterior
몇 분 후, 밖에서 목소리가 들렸다
Y se detuvo a escuchar la voz
그리고 그녀는 멈춰 서서 그 목소리에 귀를 기울였다
—¡María Ana! ¡Mary Ann! -dijo la voz-
"메리 앤! 메리 앤!" 목소리가 말했다
"¡Tráeme mis guantes en este momento!"
"지금 당장 내 장갑을 가져와!"
Luego se oyó un pequeño golpeteo de pies en la escalera
그때 계단에서 발을 살짝 튕기는 소리가 들렸다
Alicia supo que era el conejo que venía a buscarla
앨리스는 토끼가 자신을 찾으러 오는 것임을 알았습니다
Y tembló hasta hacer temblar la casa
그 여자는 집을 흔들 때까지 떨었다
Se olvidó por completo de sus proporciones
그녀는 자신의 비율이 얼마인지 잊어버렸다
Era mil veces más grande que el conejo
그녀는 토끼보다 천 배나 컸다
Y no tenía por qué temer a un conejo
그리고 그녀는 토끼를 무서워할 이유가 없었다
De pronto, el conejo se acercó a la puerta
이윽고 토끼가 문으로 다가왔다
Y el conejito trató de abrir la puerta
그리고 작은 토끼는 문을 열려고 했습니다
La puerta comenzó a abrirse hacia adentro
문이 안쪽으로 열리기 시작했다
pero el codo de Alicia estaba apretado con fuerza contra la puerta
하지만 앨리스의 팔꿈치가 문에 세게 눌려 있었다
Ese intento resultó un fracaso
그 시도는 실패로 끝났다
Alicia oyó que el conejo se hablaba a sí mismo
앨리스는 토끼가 혼잣말을 하는 것을 들었어요
"Entonces daré la vuelta y entraré por la ventana"

"그럼 돌아서 창문으로 들어갈게요"
«¡Que no lo harás!», pensó Alicia
"그럴 리가 없잖아!" 앨리스는 생각했다
Y volvió a esperar un poco
그리고 그녀는 다시 조금 기다렸다
Pronto oyó al conejo justo debajo de la ventana
얼마 지나지 않아 창밖으로 토끼 울음소리가 들렸다
De repente extendió la mano
그녀는 갑자기 손을 뻗었다
Y ella hizo un arrebato en el aire
그리고 그녀는 공중에서 낚아챘다
No se apoderó de nada
그녀는 아무것도 손에 넣지 못했다
Pero oyó un pequeño alarido y una caída
하지만 작은 비명과 넘어지는 소리가 들렸다
Y oyó el estrépito de cristales rotos
그리고 깨진 유리가 부딪히는 소리가 들렸다
Tal vez el conejo se había caído
어쩌면 토끼가 떨어졌을지도 모른다
Tal vez estaba en un invernadero
어쩌면 그는 온실에 있었을지도 모른다
Luego se oyó una voz airada; La voz del conejo
다음으로 성난 목소리가 들려왔다. 토끼의 목소리
"Pat, ¿dónde estás?"
"팻, 어디 있니?"
Y entonces llegó una voz que nunca antes había oído
그때 그녀가 한 번도 들어본 적 없는 목소리가 들려왔다
"¡Su señoría, estoy aquí!"
"영광입니다, 제가 여기 있습니다!"
"Estoy cavando en busca de manzanas"
"나는 사과를 캐고 있어요"
"¡Aquí! ¡Ven y ayúdame a salir de esto!"
"여기! 와서 나를 도와줘!"
—Ahora dime, Pat, ¿qué es eso que hay en la ventana?
"이제 말해봐, 팻, 창문에 뭐가 있지?"
"Claro, su señoría, se lo diré"

"물론이지, 너의 영광이여, 내가 말해 줄게"
"¡Es un brazo que está en la ventana!"
"창문에 있는 건 팔이야!"
"Bueno, un brazo no tiene nada que hacer allí"
"글쎄, 거기에는 팔이 장사가 없습니다"
"¡Ve y quítate el brazo!"
"가서 팔을 치워라!"
Hubo un largo silencio después de esto
그 후 긴 침묵이 흘렀다
y Alicia sólo podía oír susurros de vez en cuando
앨리스는 이따금 속삭이는 소리만 들을 수 있었다
Y, por fin, volvió a extender la mano
마침내 그녀는 다시 손을 뻗었다
Y ella hizo otro arrebato en el aire
그리고 그녀는 다시 한 번 허공을 낚아챘다
Esta vez hubo dos pequeños chillidos
이번에는 두 번의 작은 비명이 들렸다
y se escucharon más sonidos de vidrios rotos
그리고 깨진 유리 소리가 더 많이 들렸다
«¡Me pregunto qué harán ahora!», pensó Alicia
"그들이 다음에 뭘 할지 궁금해!" 앨리스는 생각했다
"Ojalá me sacaran por la ventana"
"그들이 나를 창문 밖으로 끌어 냈으면 좋겠다"
Esperó un buen rato
그녀는 얼마 동안 기다렸다
Pero durante un rato no oyó nada más
하지만 한동안 그녀는 더 이상 아무 소리도 듣지 못했다
Por fin se oyó el estruendo de unas ruedas
마침내 작은 바퀴가 덜컹거리는 소리가 들렸다
Y se oyó el sonido de muchas voces
그리고 많은 목소리가 들려왔다
Todas las voces hablaban al unísono
모든 목소리가 함께 이야기하고 있었다
Pudo distinguir algunas de las palabras
그녀는 몇 가지 단어를 알아들을 수 있었다
—¿Dónde está la otra escalera?

"다른 사다리는 어디 있지?"
"Bill tiene la otra escalera"
"빌은 다른 사다리를 가지고 있어"
"¡Bill, ven aquí!"
"빌, 이리 와!"
—¿Soportará el techo la carga?
"지붕이 하중을 견딜 수 있습니까?"
—¿Quién quiere bajar por la chimenea?
"누가 굴뚝으로 내려가고 싶겠어요?"
—¡No, no lo haré! ¡Tú lo haces!"
"안 돼, 안 돼! 네가 해!"
—¡Aquí, Bill!
"여기요, 빌!"
"¡El maestro dice que tienes que bajar por la chimenea!"
"주인님이 굴뚝으로 내려가야 한다고 하셨어요!"
Alicia arrastró el pie por la chimenea todo lo que pudo
앨리스는 굴뚝 아래로 최대한 발을 딛었다
Y luego esperó a ver lo que venía
그리고 그녀는 무슨 일이 일어날지 기다렸다
Escuchó a un animalito arañar y revolver
작은 동물이 할퀴고 허둥대는 소리가 들렸다
El animalito debe estar en la chimenea
작은 동물은 굴뚝에 있어야합니다.
Luego dio una fuerte patada
그러고는 날카로운 발길질을 한 번 했다
Y esperó a ver qué pasaría después
그리고 그녀는 다음에 무슨 일이 일어날지 기다렸다
Oyó un coro general de voces
그녀는 여러 사람의 목소리를 합창하는 것을 들었다
"¡Ahí va Bill!", dijeron todos
"저기 빌이 간다!" 그들이 모두 말했다
Entonces oyó solo la voz del conejo
그때 그녀는 혼자서 토끼의 목소리를 들었다
"¡Tú por el seto, atrápalo!"
"산울타리 옆에 있는 놈을 잡아라!"
Hubo otro momento de silencio

다시 침묵이 흘렀다
Y entonces hubo otra confusión de voces
그리고 또 다른 혼란스러운 목소리가 들려왔다
"Levanta la cabeza, Brandy"
"고개를 들어, 브랜디"
"Ten cuidado de no asfixiarlo"
"그의 목을 조르지 않도록 조심하십시오"
—¿Qué te pasó?
"너한테 무슨 일이 있었니?"
Por último, llegó una vocecita débil y chillona
마지막은 약간 약하고 삐걱거리는 목소리가 들려왔다
"Bueno, ya casi no sé"
"글쎄요, 더 이상은 거의 모르겠어요"
"Gracias a todos, ahora estoy mejor"
"모두 감사합니다, 이제 나아졌습니다"
"Hay una cosa que puedo recordar"
"내가 기억할 수 있는 한 가지가 있다"
"Algo viene hacia mí como un tren en un túnel"
"무언가가 터널 속의 기차처럼 내게 다가온다"
"¡Y vuelo hacia arriba como un cohete!"
"그리고 나는 하늘 로켓처럼 날아 오른다!"
Hubo uno o dos minutos de silencio
잠시 침묵이 흘렀다
Y entonces empezaron a moverse de nuevo
그러고 나서 그들은 다시 움직이기 시작했다
y Alicia oyó hablar de nuevo al Conejo
앨리스는 토끼가 다시 말하는 것을 들었습니다
"Un túmulo servirá, para empezar"
"처음에는 무덤이 이루어지는 뜻이니라"
«¿Un túmulo lleno de qué?», pensó Alicia
"뭘 참을 수 있을까?" 앨리스는 생각했다
Pero no la mantuvieron en suspenso por mucho tiempo
그러나 그녀는 오랫동안 불안에 떨지 않았다
Una lluvia de guijarros entró por la ventana
창문을 통해 작은 조약돌이 소나기처럼 쏟아져 들어왔다
Y algunas de las piedrecitas le golpearon en la cara

그리고 작은 조약돌 몇 개가 그녀의 얼굴을
강타했습니다
Alicia se sorprendió por los guijarros
앨리스는 그 작은 조약돌들을 보고 깜짝 놀랐어요
Todos los guijarros se estaban convirtiendo en pasteles
작은 조약돌들이 모두 케이크로 변하고 있었어요
Y una idea brillante se le ocurrió
그리고 기발한 아이디어가 그녀의 머릿속에
떠올랐습니다
"Debería comerme uno de estos pasteles"
"이 케이크 중 하나를 먹어야 해"
"El pastel seguramente hará algún cambio en mi tamaño"
"케이크는 내 크기에 약간의 변화를 줄 것입니다."
Así que se tragó uno de los pasteles
그래서 그녀는 케이크 하나를 삼켰습니다
Y se alegró al descubrir que empezaba a encogerse
그리고 그녀는 자신이 줄어들기 시작했다는 것을 알고
기뻐했습니다
**Pronto fue lo suficientemente pequeña como para pasar por
la puerta**
얼마 지나지 않아 그녀는 문을 통과할 수 있을 만큼
작아졌다
Salió corriendo de la casa
그녀는 집을 뛰쳐나갔다
Una multitud de animalitos y pájaros esperaban afuera
작은 동물과 새들의 무리가 밖에서 기다리고 있었습니다
todos los pajaritos y animales se abalanzaron sobre Alicia
모든 작은 새와 동물들이 앨리스에게 달려들었어요
Pero ella huyó lo más rápido que pudo
하지만 그녀는 할 수 있는 한 빨리 달아났다
Y pronto se encontró a salvo en un espeso bosque
그리고 얼마 지나지 않아 그녀는 울창한 숲 속에서
안전한 자신을 발견했다
Alicia vagaba por el bosque
앨리스는 숲 속을 돌아다녔다
Y pensó para sí misma:

그녀는 속으로 생각했다.
"Sé lo que tengo que hacer primero"
"나는 내가 먼저 해야 할 일을 알고 있다"
"Primero tengo que volver a crecer hasta el tamaño adecuado"
"먼저 다시 적당한 크기로 자라야 해"
"Y luego tengo que encontrar mi camino hacia ese hermoso jardín"
"그리고 나서 나는 그 아름다운 정원으로 들어가는 길을 찾아야 해"
"Supongo que debería comer o beber una cosa u otra"
"나는 무언가 또는 다른 것을 먹거나 마셔야 할 것 같아"
"Pero la pregunta es ¿qué debo comer o beber?"
"하지만 문제는 무엇을 먹고 마셔야 하느냐는 것입니다."
Alicia miró a su alrededor las flores
앨리스는 주위를 둘러보며 꽃을 바라보았어요
Y miró a través de las briznas de hierba
그녀는 풀잎 사이로 들여다보았다
pero no podía ver nada de comer ni de beber
그러나 먹을 것이나 마실 것을 볼 수 없었다
Nada parecía ser lo adecuado para comer o beber
먹거나 마시는 것이 옳은 것 같지 않았습니다
Había un gran hongo creciendo cerca de ella
그녀 근처에는 커다란 버섯이 자라고 있었다
el hongo tenía aproximadamente la misma altura que Alicia
버섯의 키는 앨리스와 거의 같았다
Se estiró de puntillas
그녀는 발끝으로 몸을 쭉 뻗었다
Y se asomó por el borde del hongo
그리고 그녀는 버섯의 가장자리를 엿보았다
Sus ojos se encontraron inmediatamente con los ojos de una gran oruga azul
그녀의 눈은 즉시 커다란 푸른 애벌레의 눈과 마주쳤다
La oruga estaba sentada en la parte superior del hongo
애벌레는 버섯 위에 앉아 있었다
y la oruga se había cruzado de brazos

그리고 애벌레는 그의 팔짱을 끼고 있었다
Y estaba fumando tranquilamente una larga cachimba
그리고 그는 조용히 긴 물담배를 피우고 있었다
y no hizo la menor atención a nada
그는 조금도 주의를 기울이지 않았다
y ciertamente no le prestó atención a Alicia
그리고 그는 확실히 앨리스에게 주의를 기울이지
않았습니다

Consejos de una oruga
애벌레의 조언

Por fin, la oruga se quitó la pipa de la boca
마침내 애벌레는 입에서 물 담뱃대를 뺐습니다
y se dirigió a Alicia con voz lánguida y soñolienta
그는 나른하고 나른한 목소리로 앨리스에게 말했다
—¿Quién eres? —preguntó la oruga
"넌 누구냐?" 애벌레가 말했다

Alicia respondió, con cierta timidez: "No lo sé, señor"
앨리스는 다소 수줍은 어조로 대답했다.
"Justo en este momento está todo un poco..."
"지금 당장은 모든 것이 조금..."
"Sé quién era cuando me levanté esta mañana"
"오늘 아침에 일어났을 때 내가 누군지 알아요."
**"pero creo que debo haber cambiado varias veces desde
entonces"**
"하지만 그 이후로 여러 번 변한 것 같아요."
—¿Qué quieres decir con eso? —dijo la oruga—
"그게 무슨 뜻이야?" 애벌레가 말했다
Con severidad, la oruga le pidió que se explicara
애벌레는 엄하게 그녀에게 자신을 설명해 달라고
요청했다

—Me temo que no puedo explicarme, señor —dijo Alicia—
"제 자신을 설명할 수 없어요, 무서워요, 선생님,"
앨리스가 말했다
"porque no soy yo mismo"
"나는 나 자신이 아니기 때문에"
"Verás, tener tantos tamaños diferentes en un día es muy
confuso"
"보시다시피, 하루에 너무 다양한 크기가 있다는 것은
매우 혼란스럽습니다."
Se incorporó y dijo muy gravemente:
그녀는 몸을 일으켜 세우고 매우 진지하게 말했다.
"Creo que primero deberías decirme quién eres"
"먼저 당신이 누구인지 말해줘야 할 것 같아요"
"¿Por qué?", dijo la oruga
"왜요?" 애벌레가 말했다
Alicia no se le ocurría ninguna buena razón
앨리스는 타당한 이유를 떠올릴 수 없었다
Y la oruga parecía estar en un estado de ánimo muy
desagradable
그리고 애벌레는 매우 불쾌한 정신 상태에 있는 것
같았다
Así que se dio la vuelta
그래서 그녀는 돌아섰다
"¡Vuelve!", la oruga la llamó
"돌아와!" 애벌레가 그녀를 불렀다
"¡Tengo algo importante que decir!"
"중요한 할 말이 있어!"
Alicia se dio la vuelta y volvió otra vez
앨리스는 돌아서서 다시 돌아왔다
—Mantén la calma —dijo la oruga—
"정신 차려." 애벌레가 말했다
-¿Eso es todo? -preguntó Alicia
"그게 다야?" 앨리스가 말했다
Y se tragó su rabia lo mejor que pudo
그리고 그녀는 할 수 있는 한 분노를 삼켰다
—No —dijo la oruga—

"아뇨." 애벌레가 말했다
La oruga desplegó sus brazos
애벌레가 팔을 펼쳤다
Y volvió a sacarse la pipa de la boca
그리고 그는 다시 입에서 물 담뱃대를 뺐다
y él dijo: "Así que Ud. piensa que Ud. ha cambiado, ¿verdad?"
"그래서 당신은 당신이 변했다고 생각하십니까, 그렇죠?"
—Me temo, he cambiado, señor —dijo Alicia—
"무서워요, 제가 변했어요, 선생님." 앨리스가 말했다
"No puedo recordar las cosas como solía recordarlas"
"예전처럼 기억할 수 없어요"
"¡Y no me quedo del mismo tamaño por más de diez minutos!"
"그리고 나는 10분 이상 같은 크기를 유지하지 않아요!"
"¿Qué tamaño quieres tener?", preguntó la oruga
"어떤 크기가 되고 싶니?" 애벌레가 물었다
—Oh, no me importa especialmente el tamaño que tenga —respondió Alicia apresuradamente—
"아, 제 체격이 어떻든 상관없어요." 앨리스가 황급히 대답했다
"Simplemente no me gusta cambiar de tamaño tan a menudo, ya sabes"
"나는 너무 자주 크기를 바꾸는 것을 좋아하지 않아, 알잖아."
"Me gustaría ser un poco más grande, señor"
"좀 더 커지고 싶습니다, 선생님"
—Si no te importa —añadió Alicia—
"괜찮으시다면," 앨리스가 덧붙였다
"Diez centímetros es una altura tan miserable para ser"
"10cm는 정말 비참한 높이입니다."
-¡Es una altura muy buena! -exclamó la oruga con rabia-
"정말 좋은 높이네요!" 애벌레가 화를 내며 말했다
Y se irguió mientras hablaba
그는 말하면서 몸을 일으켜 세웠다

Medía exactamente diez centímetros de alto
그의 키는 정확히 10센티미터였다
En uno o dos minutos, la oruga bajó del hongo
1-2분 후, 애벌레는 버섯에서 내려왔다
Y se arrastró por la hierba
그리고 그는 풀밭으로 기어 들어갔다
Al alejarse, hizo algunas pequeñas observaciones
그는 떠나면서 몇 가지 간단한 말을 했다
"Un lado te hará crecer más alto"
"한쪽은 당신을 더 키울 것입니다"
"Y el otro lado te hará acortar"
"그리고 다른 쪽은 당신을 더 작게 만들 것입니다"
«¿Un lado de qué?», pensó Alicia para sí misma
"한쪽은 무엇이?" 앨리스는 혼잣말로 생각했다
—¿El otro lado de qué?
"무엇의 반대편이?"
—El costado del hongo —dijo la oruga—
"버섯의 옆면이요." 애벌레가 말했다
Era como si hubiera hecho su pregunta en voz alta
마치 큰 소리로 질문하는 것 같았다
Y en otro momento, se perdió de vista
그리고 또 다른 순간, 그는 시야에서 사라졌다
Alicia se quedó mirando pensativa el hongo
앨리스는 버섯을 찬찬히 바라보았다
Estaba tratando de distinguir cuáles eran los dos lados del hongo
그녀는 버섯의 양면이 어느 것인지 알아내려고 애쓰고 있었다
Por fin, estiró los brazos alrededor de la seta
마침내 그녀는 버섯을 두 팔로 감싸 안았다
Y rompió un poco los bordes
그리고 그녀는 가장자리를 약간 부러뜨렸습니다
"Y ahora, ¿qué lado es cuál?", se dijo a sí misma
"그럼 이제, 어느 쪽이 어느 쪽인가?" 그녀는 혼잣말을 했다
Y mordisqueó un poco de la parte de la mano derecha

그리고 그녀는 오른손 부분을 조금 깨물었다

Al momento siguiente sintió un violento golpe debajo de la barbilla

다음 순간 그녀는 턱 아래에서 격렬한 타격을 느꼈다

¡Su barbilla había golpeado su pie!

그녀의 턱이 그녀의 발에 부딪혔던 것이다!

Estaba bastante asustada por este cambio tan repentino

그녀는 이 갑작스런 변화에 상당히 겁을 먹었다

Se estaba encogiendo muy rápidamente

그녀는 매우 빠르게 줄어들고 있었다

Así que rápidamente se comió un poco del otro trozo de champiñón

그래서 그녀는 재빨리 다른 버섯 조각을 먹었습니다

Su barbilla estaba muy presionada contra su pie

그녀의 턱은 그녀의 발에 매우 바짝 눌려 있었다

Apenas había espacio para abrir la boca

입을 열 틈이 거의 없었다

Pero al fin logró abrir la boca

그러나 그녀는 마침내 입을 열 수 있었다

Y tragó un bocado del pedazo de la mano izquierda

그리고 그녀는 왼손 한 입 삼켰다

-¡Por fin me han liberado la cabeza! -exclamó Alicia-

"드디어 머리가 풀렸어!" 앨리스가 말했다

Se miró a sí misma

그녀는 자신을 내려다보았다

Pero todo lo que podía ver era una inmensa longitud de cuello

하지만 그녀가 볼 수 있는 것은 어마어마한 길이의 목뿐이었다

Su cuello parecía elevarse como un tallo

그녀의 목이 줄기처럼 솟아오르는 것 같았다

Y miró hacia abajo sobre un mar de hojas verdes

그리고 그녀는 푸른 나뭇잎의 바다를 내려다보았다

—¿A dónde han llegado mis hombros?

"내 어깨는 어디로 간 거지?"

"Y oh, mis pobres manos, ¿cómo es que no puedo verte?"

"그리고 오, 나의 불쌍한 손아, 어째서 나는 너를 볼 수 없는 거지?"

Pero su cuello tenía un beneficio
하지만 그녀의 목에는 한 가지 장점이 있었다
Podía mover la cabeza en cualquier dirección
그녀는 머리를 어느 방향으로든 움직일 수 있었다
De hecho, era como una serpiente
사실, 그녀는 마치 뱀과 같았습니다
Ella zigzagueó con gracia con la cabeza hacia abajo
그녀는 우아하게 고개를 지그재그로 숙였다
Y movió la cabeza entre los árboles
그리고 그녀는 나무 사이로 머리를 움직였다
Pero entonces oyó un silbido agudo
하지만 그때 날카로운 쉭쉭거리는 소리가 들렸다
Y rápidamente echó la cabeza hacia atrás
그리고 그녀는 재빨리 고개를 뒤로 젖혔다
Una gran paloma había volado hacia su cara
커다란 비둘기 한 마리가 그녀의 얼굴로 날아들었다
y la paloma se agitó violentamente con sus alas
비둘기는 날개를 사납게 펴고 있었다

-¡Serpiente! -exclamó la paloma-
"뱀!" 비둘기가 소리쳤다

-¡No soy una serpiente! -exclamó Alicia indignada-
"난 뱀이 아니야!" 앨리스가 분개하며 말했다

"¡Déjame en paz!"
"날 내버려 둬!"

"He probado las raíces de los árboles"
"나는 나무의 뿌리를 시험해 보았다"

—Y he probado setos —prosiguió la paloma—
"그리고 나는 헤지를 사용해 봤어." 비둘기가 말을
이었다

—¡Pero esas serpientes! ¡No hay forma de complacerlos!"
"하지만 그 뱀들! 그들을 기쁘게 할 수 있는 것은
아무것도 없습니다!"

Alicia estaba cada vez más desconcertada
앨리스는 점점 더 어리둥절해졌다

-Como si ya fuera bastante trabajo incubar los huevos -dijo
la paloma-
"알을 부화시키는 것만으로도 문제가 되지 않는 것처럼."
비둘기가 말했다

—¡De noche y de día también tengo que estar atento a las
serpientes!
"나도 밤이나 낮이나 뱀을 조심해야 해!"

"Acababa de encontrar el árbol más alto del bosque"
"나는 방금 숲에서 가장 높은 나무를 발견했다"

—¿Estaría libre de serpientes aquí?
"여기서 뱀으로부터 자유로울 수 있을까?"

"¡Y sale una serpiente del cielo!"
"그리고 하늘에서 뱀이 나온다!"

-¡Pero yo no soy una serpiente, te lo aseguro! -dijo Alicia-
"하지만 난 뱀이 아니야, 분명히 말해!" 앨리스가 말했다

"Soy un... Soy un... Soy una niña —añadió con cierta duda—
"나는… 나는… 나는 어린 소녀다"라고 다소 의심스럽게
덧붙였다

Después de todo, había estado pasando por muchos cambios
어쨌든 그녀는 많은 변화를 겪고 있었다

—Estás buscando huevos —dijo la paloma—
"넌 알을 찾고 있구나." 비둘기가 말했다
"Lo sé con certeza"
"나는 그것을 사실로 알고 있습니다"
—¿Y qué importa si eres una niña o una serpiente?
"그리고 당신이 어린 소녀이든 뱀이든 무슨 상관이야?"
—A mí me importa mucho —dijo Alicia apresuradamente—
"나한테는 꽤 중요한 일이야." 앨리스가 황급히 말했다
"pero no estoy buscando huevos, como suele ser"
"하지만 나는 달걀을 찾고 있지 않습니다."
"Y de todos modos no querría tus huevos"
"그리고 어쨌든 나는 당신의 달걀을 원하지 않을
것입니다"
"No me gustan los huevos crudos"
"나는 내 달걀을 좋아하지 않는다"
-¡Pues váyase! -dijo la paloma en tono malhumorado-
"그럼, 꺼져!" 비둘기가 시무룩한 어조로 말했다
Y la paloma se instaló de nuevo en su nido
그러자 비둘기는 다시 둥지에 자리를 잡았다
Alicia se agachó entre los árboles lo mejor que pudo
앨리스는 할 수 있는 한 나무 사이에 웅크리고 앉았다
Su cuello no dejaba de enredarse entre las ramas
그녀의 목은 자꾸 나뭇가지에 얽혔다
De vez en cuando tenía que detenerse y desenroscar el cuello
이따금 그녀는 멈춰 서서 목을 풀어야 했다
Al cabo de un rato se acordó de la seta
잠시 후 그녀는 그 버섯을 기억해냈다
Todavía sostenía los trozos de hongo en sus manos
그녀는 여전히 버섯 조각을 손에 들고 있었다
Y se puso a trabajar con mucho cuidado
그리고 그녀는 매우 신중하게 작업에 착수했습니다
Primero mordisqueó una pieza
먼저 그녀는 한 조각을 갉아먹었다
Y luego mordisqueó la otra pieza
그러고는 다른 조각을 갉아먹었다
A veces crecía

때로는 키가 커지기도 했다
y a veces se acortaba
그리고 때때로 그녀는 키가 작아졌습니다
pero finalmente alcanzó su altura habitual
그러나 마침내 그녀는 평소의 키를 얻었습니다
Hacía tiempo que no era de su estatura
그녀는 한동안 자신의 키가 아니었다
Así que todo se sintió extraño por un tiempo
그래서 한동안 모든 것이 이상하게 느껴졌습니다
"Lo siguiente que hay que hacer es entrar en ese hermoso jardín"
"다음으로 할 일은 그 아름다운 정원에 들어가는 것입니다."
—¿Cómo se va a hacer eso, me pregunto?
"어떻게 해야 할까?"
Al decir esto, llegó a un lugar abierto
그녀가 이렇게 말했을 때, 그녀는 탁 트인 장소에 이르렀다
Había una casita, un poco más de un metro de altura
1미터가 조금 넘는 작은 집이 있었다
"Me pregunto quién vive en esta casita"
"이 작은 집에 누가 살고 있는지 궁금합니다"
"Ciertamente no puedo entrar tan grande como soy"
"나는 확실히 나만큼 크게 들어갈 수 없다"
—¡Los asustaría terriblemente!
"나는 그들을 끔찍하게 놀라게 할 것이다!"
Así que volvió a mordisquear el pequeño champiñón
그래서 그녀는 다시 그 작은 버섯을 갉아먹었다
Y pronto bajó treinta centímetros
그리고 곧 그녀는 30센티미터 아래로 내려왔다

Un cerdo y un poco de pimienta
돼지 한 마리와 후추 몇 개

Durante uno o dos minutos se quedó mirando la casa
잠시 동안 그녀는 서서 집을 바라보았다

De repente, un lacayo salió corriendo del bosque
갑자기 보행자 한 명이 숲에서 뛰쳐나왔다

Vestía un uniforme especial
그는 특별한 상징 제복을 입고 있었다

A juzgar solo por su rostro, ella lo habría llamado pez
그의 얼굴만 보고 그녀는 그를 물고기라고 불렀을 것이다

Y golpeó fuertemente la puerta con los nudillos
그리고 그는 주먹으로 문을 큰 소리로 두드렸다

La puerta fue abierta por otro lacayo
다른 보행자가 문을 열었다

Este lacayo también llevaba una librea especial
이 보행자 역시 특별한 상징 옷을 입고 있었다

Este lacayo tenía una cara redonda y ojos grandes como los de una rana
이 보행자는 둥근 얼굴에 개구리처럼 큰 눈을 가지고 있었습니다

El lacayo, que parecía un pez, inició la ceremonia
물고기처럼 생긴 보행자가 의식을 시작했다
Sacó algo de debajo de su brazo
그는 팔 아래에서 무언가를 꺼냈다
Y sacó de debajo del brazo un sobre
그리고 그는 팔 밑에서 봉투를 꺼냈다
Y este sobre se lo entregó al otro lacayo
그리고 이 봉투를 다른 보행자에게 건네주었다
En tono ceremonioso le comunicó las órdenes
그는 의례적인 어조로 명령을 내렸다
"Este mensaje es para la duquesa"
"이 메시지는 공작 부인을 위한 것입니다."
"Una invitación de la reina a jugar al croquet"
"크로켓을 연주하라는 여왕의 초대"
El lacayo, que parecía una rana, repitió la orden
개구리처럼 생긴 보행자가 명령을 반복했다
"De la Reina"
"여왕으로부터"
"Una invitación"
"초대장"
"para la duquesa"
"공작 부인을 위해"
"Jugar al croquet"
"크로켓 놀이"
Entonces ambos se inclinaron profundamente
그러고는 둘 다 허리를 굽혔다
y los rizos de sus pelucas se enredaron
그리고 그들의 가발의 곱슬머리가 서로 얽혔다
Pronto el lacayo que parecía un pez se había ido
얼마 지나지 않아 물고기처럼 보였던 보행자는 사라졌다
Pero el lacayo que parecía una rana todavía estaba allí
그러나 개구리처럼 보이는 보행자는 여전히 거기에
있었다
Estaba sentado en el suelo, cerca de la puerta
그는 문 근처의 땅바닥에 앉아 있었다
Estaba mirando estúpidamente al cielo

그는 멍청하게 하늘을 올려다보고 있었다
Alicia se acercó tímidamente a la puerta y llamó
앨리스는 겁에 질려 문으로 다가가 문을 두드렸어요
—**Es inútil llamar a la puerta** —**dijo el lacayo**—
"문을 두드려봐야 소용없어." 보행자가 말했다
"Y eso es por dos razones"
"그리고 그것은 두 가지 이유 때문입니다"
"Primero, porque estoy del mismo lado de la puerta que tú"
"첫째, 나도 너와 같은 쪽에 있으니까"
"En segundo lugar, porque están haciendo mucho ruido dentro"
"둘째, 그들이 내부에서 너무 많은 소음을 내고 있기 때문에"
"Nadie podría escucharte"
"아무도 너의 말을 들을 수 없을 거야"
Y, ciertamente, había un ruido extraordinario en su interior
그리고 그 안에서는 분명 이상한 소음이 들려오고 있었다
un aullido y estornudos constantes
끊임없는 울부짖음과 재채기
y de vez en cuando se oye un gran estruendo
그리고 이따금 큰 충돌 소리가 들립니다
como si un plato o una tetera se hubieran roto en pedazos
마치 접시나 주전자가 산산조각이 난 것처럼
-**¿Cómo voy a entrar? -preguntó Alicia**
"어떻게 들어가야 돼?" 앨리스가 물었다
—**¿Deberías entrar?** —**dijo el lacayo**—
"꼭 들어가야 하나?" 하인이 말했다
"Esa es la primera pregunta, ya sabes"
"그게 첫 번째 질문이야, 알잖아."
Alicia abrió la puerta y entró
앨리스는 문을 열고 안으로 들어갔다
La puerta conducía directamente a una gran cocina
문은 바로 큰 부엌으로 이어졌습니다
La cocina estaba llena de humo de un extremo a otro
부엌은 한쪽 끝에서 다른 쪽 끝까지 연기로 가득

찼습니다
en medio de la cocina estaba la duquesa
부엌 한가운데에는 공작 부인이있었습니다
Estaba sentada en un taburete de tres patas
그녀는 다리가 세 개 달린 의자에 앉아 있었다
Y ella estaba amamantando a un bebé
그리고 그녀는 아기에게 젖을 먹이고 있었다
El cocinero estaba inclinado sobre el fuego
요리사는 불 위에 몸을 기대고 있었다
Estaba removiendo un gran caldero
그는 커다란 가마솥을 젓고 있었다
y el caldero parecía estar lleno de sopa
그리고 가마솥은 수프로 가득 찬 것 같았습니다
"¡Ciertamente hay demasiada pimienta en esa sopa!" —se dijo Alicia
"저 수프에 후추가 너무 많이 들어있는 게 확실해!"
앨리스는 혼잣말로 말했다
Lo dijo lo mejor que pudo, sin estornudar
그녀는 재채기를 하지 않고 할 수 있는 한 최선을 다해
말했다
Incluso la duquesa estornudaba de vez en cuando
공작 부인조차도 가끔 재채기를 했다
Pero las acciones del bebé fueron las más notables
그러나 아기의 행동이 가장 주목할 만했다
El bebé estornudaba y aullaba alternativamente
아기는 재채기와 울부짖음을 번갈아 가며 울고 있었다
No hubo un momento de pausa entre aullidos y estornudos
울부짖는 소리와 재채기 사이에는 잠시도 멈춤이 없었다
Había dos criaturas en la cocina que no estornudaban
부엌에는 재채기를 하지 않는 두 마리의 생물이
있었습니다
El cocinero estaba demasiado ocupado para estornudar
요리사는 너무 바빠서 재채기를 할 수 없었습니다
Y al gran gato no pareció importarle el pimiento
그리고 큰 고양이는 고추를 신경 쓰지 않는 것
같았습니다

En cambio, el gran gato sonreía de oreja a oreja
대신, 그 큰 고양이는 귀를 쫑긋 세우고 웃고 있었다
-Por favor, ¿podría decírmelo -dijo Alicia, un poco
tímidamente-
"제발 말해 줄 수 있나," 앨리스가 약간 소심하게 말했다
"¿Por qué tu gato sonríe así?"
"고양이는 왜 그렇게 웃는 거야?"
-Es un gato de Cheshire -dijo la duquesa-
"이건 체셔 고양이야." 공작부인이 말했다
"Y por eso está sonriendo de oreja a oreja"
"그래서 그는 귀를 쫑긋 세우고 웃고 있는 거야"
"No sabía que un gato de Cheshire siempre sonreía"
"체셔 고양이가 항상 웃는 줄 몰랐어요"
—De hecho, no sabía que los gatos podían sonreír —dijo
Alicia—
"사실, 나는 고양이가 웃을 수 있다는 것을 몰랐다"고
앨리스는 말했다
-Hay muchas cosas que no sabes -dijo la duquesa-
"당신이 모르는 것이 많습니다." 공작 부인이 말했다
"Hay muchas cosas que no sabes y eso es un hecho"
"당신이 모르는 것이 많고 그것은 사실입니다"
En ese momento, el cocinero retiró el caldero de sopa del
fuego
바로 그때 요리사가 수프 가마솥을 불에서 꺼냈습니다
Y en seguida se puso a tirar todo lo que estaba a su alcance
그리고 즉시 그녀는 손이 닿는 곳에 있는 모든 것을
던지기 시작했다
arrojó todo lo que pudo a la duquesa y al bebé
그녀는 공작 부인과 아기에게 할 수 있는 모든 것을
던졌습니다
Primero arrojó los hierros de fuego
먼저 그녀는 파이어 아이언을 던졌다
Luego tiró un puñado de cacerolas
그러고는 냄비를 한 움큼 던졌다
y finalmente tiró los platos y las fuentes
그리고 마침내 그녀는 접시와 접시를 던졌다

La duquesa no le hizo caso

공작 부인은 그녀를 눈치채지 못했다

Incluso cuando fue golpeada por un plato, no se preocupó

접시에 부딪혔을 때도 그녀는 걱정하지 않았다

El bebé ya estaba aullando tanto

아기는 벌써 너무 울부짖고 있었다

Así que era imposible decir si los golpes lastimaban al bebé o no

따라서 구타가 아기에게 상처를 입혔는지 아닌지 알 수 없었다

—¡Oh, por favor, ten cuidado con lo que estás haciendo! — exclamó Alicia—

"오, 제발 너 하는 거 신경 써!" 앨리스가 소리쳤다

Y saltaba de un lado a otro en una agonía de terror

그리고 그녀는 공포에 질려 펄쩍펄쩍 뛰었다

la duquesa le ofreció a Alicia el bebé

공작 부인은 앨리스에게 아기를 바쳤다

"¡Aquí! ¡Puedes amamantar un poco al bebé, si quieres!"

"여기! 원하신다면 아기에게 젖을 조금 먹이셔도 됩니다!"

Y le arrojó al bebé mientras hablaba

그리고 그녀는 말하면서 아기를 그녀에게 던졌습니다

"Tengo que ir a prepararme para jugar al croquet con la reina"

"여왕님과 크로켓 놀이를 하러 가야겠어요"

Y se apresuró a salir de la habitación

그리고 그녀는 서둘러 방을 나갔다

Alicia atrapó al bebé con cierta dificultad

앨리스는 어렵게 아기를 잡았다

porque era una criatura de forma muy extraña

그것은 매우 이상한 모양의 작은 생물이었기 때문입니다

Y el bebé extendió los brazos y las piernas en todas direcciones

아기는 팔과 다리를 사방으로 뻗었다

«Será mejor que me lleve a este niño conmigo», pensó Alicia

"이 아이를 데리고 가는 게 좋겠어." 앨리스는 생각했다

"Seguro que matarán a este bebé en uno o dos días"
"그들은 하루나 이틀 안에 이 아기를 죽일 것이
확실합니다."
—¿No sería un asesinato dejar atrás a este bebé?
"이 아기를 두고 가는 것은 살인이 아닐까요?"
Dijo las últimas palabras en voz alta
그녀는 마지막 말을 큰 소리로 했다
Y la cosita gruñó en respuesta
그러자 그 작은 것이 끙끙거리며 대답했다
**—Será mejor que no te conviertas en un cerdo, querida —
dijo Alicia—**
"돼지로 변하지 않는 게 좋겠어, 애야." 앨리스가 말했다
"o de lo contrario no tendré nada más que ver contigo"
"그렇지 않으면 나는 너와 더 이상 아무 상관이 없을
거야"
Alicia empezaba a pensar para sí misma:
앨리스는 이제 막 속으로 생각하기 시작했다.
**"Ahora, ¿qué voy a hacer con esta criatura cuando la lleve a
casa?"**
"이제, 이 생물을 집으로 데려오면 나는 어떻게 해야
할까?"
**Pero entonces la pequeña criatura gruñó un poco
violentamente**
하지만 이내 그 작은 생물은 약간 격렬하게 끙끙거렸다
y Alicia lo miró a la cara con cierta alarma
앨리스는 깜짝 놀라 놈의 얼굴을 내려다보았다
Esta vez no podía haber error al respecto
이번에는 그것에 대해 실수가있을 수 없습니다
No era ni más ni menos que un cerdo
그것은 돼지 그 이상도 이하도 아니었다
Así que dejó a la pequeña criatura en el suelo
그래서 그녀는 그 작은 생물을 내려놓았다
**y la pequeña criatura se aleja trotando tranquilamente hacia
el bosque**
그리고 그 작은 생물은 조용히 숲 속으로 걸어 들어갔다
Alicia se sintió bastante aliviada al ver que la criatura se iba

앨리스는 그 생물이 사라지는 것을 보고 꽤 안도감을
느꼈다
Alicia se sobresaltó un poco al ver al Gato de Cheshire
앨리스는 체셔 고양이를 보고 조금 놀랐습니다
Estaba sentado en la rama de un árbol a pocos metros de
distancia
그것은 몇 야드 떨어진 나뭇가지에 앉아 있었다
El gato solo sonrió cuando la vio
고양이는 그녀를 보자마자 씩 웃기만 했다
—Gato de Cheshire —empezó Alicia, bastante
tímidamente—
"체셔 고양이," 앨리스가 다소 소심하게 말했다
—¿Podría decirme, por favor, qué camino debo tomar desde
aquí?
"제가 여기서 어느 방향으로 가야 하는지 말씀해
주시겠습니까?"
—En esa dirección —dijo el gato—
"그쪽으로." 고양이가 말했다
Y agitó la pata derecha
그리고 그것은 오른쪽 앞발을 이리저리 흔들었다
"En esa dirección vive un fabricante de sombreros"
"그 방향에는 모자를 만드는 사람이 살고 있습니다"
Y entonces el gato agitó su otra pata
그러고는 고양이가 다른 쪽 발을 흔들었다
"Y en esa dirección vive una liebre de marzo"
"그리고 그 방향에는 행진하는 토끼가 살고 있습니다"
"Visita a cualquiera de los que quieras; los dos están locos"
"당신이 좋아하는 것을 방문하십시오. 둘 다 미쳤어"
—Pero yo no quiero andar entre locos —comentó Alicia—
"하지만 미친 사람들 틈에 끼고 싶지는 않아요."
앨리스가 말했다
—Oh, no puedes evitarlo —dijo el Gato—
"아, 그건 어쩔 수 없잖아." 고양이가 말했다
"Aquí estamos todos locos"
"우린 여기서 모두 화가 났어"
"¿Vas a jugar al croquet con la reina hoy?"

"오늘도 여왕님과 크로켓 하고 계신가요?"
—Me gustaría mucho —dijo Alicia—
"정말 하고 싶어요." 앨리스가 말했다
"pero todavía no me han invitado"
"하지만 아직 초대받지 못했습니다."
—Allí me verás —dijo el Gato—
"거기서 날 볼 수 있을 거야." 고양이가 말했다
Y de un momento a otro el gato desapareció
그리고 어느 순간 고양이는 사라졌다
pronto Alicia llegó a la vista de la casa de la liebre de marzo
이윽고 앨리스는 행진하는 토끼의 집을 보게 되었다
Era una casa muy grande
이 집은 매우 큰 집이었습니다
así que Alicia no quiso acercarse a la casa
그래서 앨리스는 집 근처에 가고 싶지 않았습니다
Primero tuvo que mordisquear un poco más del trozo de champiñón del lado izquierdo
먼저 그녀는 버섯의 왼쪽 조각을 더 깨갉아야 했습니다

Una fiesta de té loca
미친 티 파티

Delante de la casa había un árbol
집 앞에는 나무가 있었습니다
y debajo del árbol había una mesa
그리고 나무 아래에는 탁자가 있었다
y la mesa estaba puesta con toda clase de cubiertos
그리고 식탁에는 온갖 종류의 수저가 놓여 있었다
La Liebre de Marzo y el Sombrerero estaban sentados a la mesa
3월 토끼와 모자 제작자가 식탁에 있었다
y juntos estaban tomando el té
그리고 그들은 함께 차를 마시고 있었다
Un lirón estaba sentado entre ellos
잠쥐 한 마리가 그들 사이에 앉아 있었다
y el lirón se durmió profundamente
잠쥐는 깊이 잠들어 있었다
La mesa era de un tamaño extraordinario
테이블은 특별한 크기였습니다
Pero la mayor parte de la mesa estaba desocupada
그러나 대부분의 테이블은 비어 있었습니다
Se sentaron apiñados en una esquina de la mesa
그들은 탁자 한쪽 구석에 옹기종기 모여 앉아 있었다
y, sin embargo, se excusaban cuando veían a Alicia
그러나 그들은 앨리스를 보고는 변명을 늘어놓았다
"¡No hay espacio! ¡No hay lugar!", gritaron
"방이 없어요! 방이 없어요!" 하고 그들은 소리쳤습니다
-¡Hay sitio de sobra! -exclamó Alicia indignada-
"자리는 충분해!" 앨리스가 분개하며 말했다
En un extremo de la mesa había un gran sillón
탁자 한쪽 끝에는 커다란 안락의자가 놓여 있었다
y Alicia se sentó en el sillón
앨리스는 안락의자에 앉았다
El sombrerero abrió mucho los ojos
모자 제작자는 눈을 크게 떴다
No podía creer lo que estaba viendo

그는 자신이 보고 있는 것을 믿을 수 없었다

Pero su mente tenía curiosidad por otras cosas

하지만 그의 마음은 다른 것들에 대해 궁금했다

—¿Por qué un cuervo es como un escritorio?

"까마귀는 왜 책상 같을까?"

Alicia estaba abierta al reto

앨리스는 도전에 열려 있었습니다

"Me alegro de que hayan empezado a hacer adivinanzas"

"그들이 수수께끼를 풀기 시작해서 기쁩니다."

—Creo que puedo adivinarlo —añadió en voz alta—

"그건 제가 추측할 수 있을 것 같아요." 그녀가 큰 소리로
덧붙였다

La liebre de marzo sintió curiosidad por Alicia

행진하는 토끼는 앨리스에 대해 점점 더 궁금해졌다

"¿De verdad crees que puedes encontrar la respuesta?"

"정말 답을 찾을 수 있다고 생각하십니까?"

—Creo que puedo encontrar la respuesta —dijo Alicia—

"정말 답을 찾을 수 있을 것 같아." 앨리스가 말했다

**—Entonces deberías decir lo que quieres decir —prosiguió la
liebre de la marcha—**

"그럼 무슨 뜻인지 말해야 해." 행진하는 토끼가 말을
이었다

**—Digo lo que quiero decir —respondió Alicia
apresuradamente—**

"무슨 말인지 말이야." 앨리스가 황급히 대답했다

"por lo menos quiero decir lo que digo"

"적어도 나는 내가 말하는 것을 진심으로"

"Es lo mismo, ¿sabes?"

"그건 똑같잖아, 알잖아"

El lirón también contribuyó a la conversación

잠쥐도 대화에 기여했습니다

Pero el lirón parecía estar hablando en sueños

그러나 잠쥐는 잠결에 말을 하고 있는 것 같았다

"Respiro cuando duermo"

"나는 잘 때 숨을 쉰다"

"¡Duermo cuando respiro!"

"나는 숨을 쉴 때 잠을 잔다!"
"Bien podría decirse que también son lo mismo"
"당신도 똑같다고 말할 수 있습니다."
-A ti te pasa lo mismo -dijo el sombrerero-
"너도 마찬가지야." 모자 제작자가 말했다
Y echó un poco de té en la nariz del lirón
그리고 그는 잠쥐의 코에 차를 조금 부었다
El Lirón sacudió la cabeza con impaciencia
잠쥐는 참을성 없이 고개를 저었다
Y volvió a hablar el Lirón, sin abrir los ojos
그리고 다시 잠쥐는 눈을 뜨지 않고 말했다
"Por supuesto, por supuesto que es lo mismo"
"물론, 물론 같습니다"
"eso es justo lo que iba a decir yo mismo"
"그게 바로 내가 직접 말하려고 했던 것이야"

El sombrerero se volvió hacia Alicia y le hizo otra pregunta
모자 제작자는 앨리스를 돌아보며 다른 질문을 했다
—¿Ya has adivinado el enigma?
"수수께끼는 아직 맞혔어?"
—No, me rindo —concedió Alicia—
"아뇨, 포기해요." 앨리스가 인정했다
"¿Cuál es la respuesta?", quiso saber
"답이 뭘까요?" 그녀는 알고 싶었다
—No tengo la menor idea —dijo el sombrerero—
"아무 생각이 없어요." 모자 제작자가 말했다
-Ni yo lo sé -dijo la liebre-
"나도 몰라." 행진하는 토끼가 말했다
Alicia dio un suspiro de cansancio
앨리스는 지친 듯 한숨을 내쉬었다
"Hay mejores usos del tiempo que los enigmas sin
respuestas"
"답이 없는 수수께끼보다 시간을 더 잘 활용할 수 있다"
-¡Toma un poco más de té! -dijo la liebre a Alicia, muy
seriamente-
"차 좀 더 마셔." 3월의 토끼가 앨리스에게 매우
진지하게 말했다
Alicia se sintió bastante ofendida por la oferta
앨리스는 그 제안에 상당히 기분이 상했다
—Todavía no he tomado el té —respondió Alicia—
"아직 차를 마셔본 적이 없어요." 앨리스가 대답했다
"por lo tanto, no puedo tomar más té"
"그러므로 나는 더 이상 차를 마실 수 없다"
—Quieres decir que no puedes tomar menos té —dijo el
sombrerero—
"차를 덜 마실 수 없다는 말씀이군요." 모자 제작자가
말했다
"Es muy fácil llevarse más que nada"
"아무것도 없는 것보다 더 많은 것을 취하는 것은 매우
쉽습니다."
Al oír esto, Alicia se levantó y se marchó
그러자 앨리스는 일어나 걸어 나갔다

El lirón se durmió al instante
잠쥐는 순식간에 잠이 들었다
y ninguno de los otros hizo la menor atención de que ella se fuera
그리고 다른 사람들 중 누구도 그녀가 가는 것을 조금도 눈치채지 못했다
aunque miró hacia atrás una o dos veces
한두 번은 뒤를 돌아보았지만,
Intentaban meter el lirón en la tetera
그들은 잠쥐를 찻주전자에 넣으려고 했다
-De todos modos, ¡no volveré a ir allí! -dijo Alicia-
"어쨌든, 다시는 그곳에 가지 않을 거야!" 앨리스가 말했다
Y ella caminó su camino a través del bosque
그리고 그녀는 숲 속을 걸었다
"Esa fue la fiesta del té más estúpida a la que he ido en mi vida"
"그것은 내가 이제까지 가본 가장 어리석은 티 파티이었다."
Justo cuando dijo esto, notó algo
그녀가 이렇게 말하자마자, 그녀는 뭔가를 알아차렸다
Uno de los árboles tenía una puerta que daba directamente a él
나무 한 그루에는 바로 들어갈 수 있는 문이 있었다
"¡Eso es muy interesante!", pensó
"정말 흥미롭네요!" 그녀는 생각했다
"Creo que es mejor que pase por la puerta"
"문을 통과하는 게 좋을 것 같아요"
Y entró por la puerta
그리고 그녀는 문을 통해 들어갔다
Una vez más se encontró en el largo pasillo
다시 한 번 그녀는 긴 복도에 있는 자신을 발견했다
De nuevo estaba cerca de la mesita de cristal
그녀는 다시 작은 유리 탁자 가까이에 있었다
Ella tomó la pequeña llave de oro
그녀는 작은 황금 열쇠를 가져갔습니다

Y abrió la puerta que daba al jardín

그리고 그녀는 정원으로 통하는 문을 열었다

Luego se puso manos a la obra mordisqueando el hongo

그런 다음 그녀는 버섯을 갉아먹기 시작했습니다

Había guardado un trozo de la seta en el bolsillo

그녀는 주머니에 버섯 한 조각을 넣어 두었다

Y, por último, medía alrededor de un metro de altura

그리고 마침내 그녀의 키는 약 1미터가 되었습니다

Luego caminó por el pequeño pasillo

그러고는 작은 복도를 걸어 내려갔다

Y entonces finalmente se encontró en el hermoso jardín

그리고 그녀는 마침내 아름다운 정원에 있는 자신을
발견했습니다

y ella estaba entre la flor brillante y las fuentes frescas

그녀는 밝은 꽃과 시원한 분수들 사이에 있었다

El campo de croquet de la reina
여왕의 크로켓 그라운드

Un gran rosal se alzaba cerca de la entrada del jardín
커다란 장미나무 한 그루가 정원 입구에 서 있었다

Las rosas que crecían en el árbol eran blancas
나무에서 자라는 장미는 하얗습니다

Pero había tres jardineros pintando la rosa
그러나 장미를 그리는 세 명의 정원사가 있었습니다

Estaban ocupados pintando las rosas de rojo
그들은 장미를 빨갛게 물들이느라 바빴다.

y Alicia los miraba pintar las rosas de rojo
앨리스는 그들이 장미를 빨갛게 칠하는 것을 지켜보고
있었다

y de repente sus ojos se posaron por casualidad en Alicia
그리고 갑자기 그들의 시선이 앨리스에게 떨어졌다

Alicia habló un poco tímidamente
앨리스는 조금 소심하게 말했다

—¿Podría decírmelo, por favor?
"제발 말해 주시겠어요?"

"¿Por qué están pintando todas esas rosas?"
"왜 다들 그 장미를 그리는 거야?"

Cinco y siete no dijeron nada, pero miraron a dos
다섯과 일곱은 아무 말도 하지 않고 둘을 바라보았다

Dos hablaron, en voz baja
둘이 낮은 목소리로 말했다

"Vaya, el hecho es que ya lo ve, señora"
"왜, 사실은, 당신도 알다시피, 부인"

"Esto de aquí debería haber sido un rosal rojo"
"여기 있는 이 나무는 빨간 장미나무였어야 했어."

"Y pusimos un rosal blanco por error"
"그리고 우리는 실수로 흰 장미 나무를 넣었습니다"

"Como estarás de acuerdo, la Reina no debe enterarse"
"당신도 동의하시겠지만, 여왕은 알아내지 말아야
합니다"

"De lo contrario, nos cortarían la cabeza a todos"
"그렇지 않으면 우리 모두 머리가 잘렸을 것입니다"

"Así que ya ve, señora, estamos haciendo lo mejor que podemos"
"보시다시피, 부인, 우리는 최선을 다하고 있습니다"
La Carta Cinco había estado mirando ansiosamente a través del jardín
카드 5는 걱정스럽게 정원 건너편을 바라보고 있었다
En ese momento, la carta cinco gritó: "¡La reina! ¡La reina!"
이 순간 카드 5가 "여왕님! 여왕님!"
Y los tres jardineros se escabulleron al instante
그러자 세 명의 정원사는 즉시 허둥지둥 도망쳤다
Y se arrojaron de bruces
그러자 그들은 엎드려 엎드렸다
Se oyó el sonido de muchos pasos
많은 발자국 소리가 들렸다
Alicia miró a su alrededor, ansiosa por ver a la reina
앨리스는 여왕을 보고 싶어 주위를 둘러보았다
Al comienzo de la procesión había diez soldados
행렬의 시작에는 10명의 군인이 있었다
Sus manos y pies estaban en las esquinas
그들의 손과 발은 구석에 있었다
y en sus manos y pies había garrotes
그들의 손과 발에는 몽둥이가 있었다
Luego vinieron los diez cortesanos
그 다음은 열 명의 신하들이 나섰다
Los cortesanos estaban adornados con diamantes
궁정인들은 온통 다이아몬드로 장식되어 있었습니다
Después de los cortesanos venían los hijos reales
신하들이 온 후에는 왕실의 자녀들이 왔습니다
Eran diez los hijos de la realeza
왕족의 자녀들은 열 명이었다
y todos los niños reales estaban adornados con corazones
그리고 모든 왕실 아이들은 하트로 장식되었습니다
Luego vinieron los invitados; en su mayoría reyes y reinas
다음은 손님들이었다. 대부분 왕과 왕비
y entre los reyes y la reina, Alicia vio a alguien
그리고 왕들과 왕비 사이에서 앨리스는 누군가를 보았다

Volvió a ver al conejo blanco que había perseguido
그녀는 자신이 쫓았던 흰 토끼를 다시 보았다
La procesión fue seguida por la sota de los corazones
행렬은 마음의 칼날을 따랐습니다
Llevaba la corona del rey
그는 왕의 면류관을 들고 있었습니다
**y la corona del rey estaba sobre un cojín de terciopelo
carmesí**
그리고 왕의 왕관은 진홍색 벨벳 쿠션 위에 있었다
Y entonces llegó el final de esta gran procesión
그리고 나서 이 장엄한 행렬의 끝이 이르렀다
Y allí, al final, estaban el Rey y la Reina de Corazones
그리고 그 끝에는 하트의 왕과 여왕이 있었다
la procesión venía frente a Alicia
행렬은 앨리스의 반대편에 있었다
Y todos se detuvieron y la miraron
그러자 그들은 모두 멈춰 서서 그녀를 바라보았다
Y la reina dijo severamente: "¿Quién es éste?"
그러자 여왕은 엄하게 말했다.
Se lo dijo a la Sota de Corazones
그녀는 마음의 칼날에게 말했다
**Pero él se limitó a hacer una reverencia y a sonreír en
respuesta**
그러나 그는 그저 고개를 숙이고 미소를 지으며
대답했다
Alicia habló muy cortésmente
앨리스는 매우 정중하게 말했다
"Mi nombre es Alicia, así que por favor, su majestad"
"제 이름은 앨리스이니 폐하를 기쁘게 하십시오."
Pero ella tenía otros pensamientos para sí misma
하지만 그녀는 다른 생각을 하고 있었다
"¡Después de todo, son solo un mazo de cartas!"
"어쨌든 그건 그저 카드 팩일 뿐이니까요!"
"¿Sabes jugar al croquet?", gritó la reina
"크로켓을 할 줄 아느냐?" 여왕이 소리쳤다
Era evidente que la pregunta iba dirigida a Alicia

그 질문은 분명히 앨리스를 위한 것이었다
-¡Sí! -dijo Alicia en voz alta-
"네!" 앨리스가 큰 소리로 말했다
—¡Ven a jugar! —rugió la reina—
"그럼 놀러 오너라!" 여왕이 소리쳤다
una voz tímida le habló a Alicia
소심한 목소리가 앨리스에게 말했다
"¡Es un día muy hermoso!"
"정말 좋은 날이야!"
Caminaba junto al conejo blanco
그녀는 흰 토끼 옆을 걷고 있었다
y el Conejo Blanco la miraba ansiosamente a la cara
그리고 흰 토끼는 걱정스럽게 그녀의 얼굴을 들여다보고 있었다
—Un día muy bueno —confirmó Alicia—
"정말 좋은 날이었어요." 앨리스가 단언했다
—¿Dónde está la duquesa?
"공작 부인은 어디 있지?"
"¡Silencio! ¡Silencio!", dijo el Conejo
"쉿! 쉿!" 토끼가 말했다
"Está condenada a muerte"
"그녀는 사형 선고를 받고 있습니다"
—¿Por qué la ejecutan? —preguntó Alicia
"그녀는 무엇 때문에 처형되는 거죠?" 앨리스가 물었다
—Le ha rayado las orejas a la reina —empezó a decir el conejo—
"여왕의 귀를 긁었어." 토끼가 말을 꺼냈다
—gritó la Reina con voz de trueno—
여왕은 천둥 같은 목소리로 소리쳤다
"¡Vayan a sus lugares!"
"네 자리로 가!"
Y la gente empezó a correr en todas direcciones
그러자 사람들이 사방으로 뛰어다니기 시작하였다
y todos tropezaron unos con otros
그리고 그들은 모두 서로 부딪혔다
Sin embargo, se calmaron en uno o dos minutos

그러나 그들은 1-2 분 안에 안정되었습니다
Y entonces comenzó el juego
그리고 게임이 시작되었다
Alicia nunca había visto un campo de croquet tan curioso
앨리스는 그렇게 신기한 크로켓 땅을 본 적이 없었다
La hierba era todo crestas y surcos
풀은 온통 산등성이와 고랑뿐이었다
Las bolas de croquet eran erizos de verdad
크로켓 공은 진짜 고슴도치였습니다
y los mazos eran flamencos de verdad
그리고 망치는 진짜 플라밍고였습니다
Y los soldados se pusieron de pie sobre sus manos y sus pies
군인들은 손과 발로 일어섰다
porque los arcos estaban hechos de sus cuerpos
아치는 그들의 몸으로 만들어졌기 때문입니다
Todos los jugadores jugaron a la vez
선수들은 모두 한 번에 경기를 치렀습니다
Nadie esperó su turno
아무도 자기 차례를 기다리지 않았다
y todos se peleaban con todos
그리고 모두가 모두와 다투었다
y todos luchaban por los erizos
그리고 모두가 고슴도치를 위해 싸우고 있었다
Pronto la reina se vio presa de una furiosa pasión
얼마 지나지 않아 여왕은 격렬한 격정에 휩싸였다
Y empezó a patalear y a gritar
그러자 그녀는 발을 구르며 소리치기 시작했다
"¡Córtale la cabeza!"
"그의 머리를 잘라라!"
"¡Córtale la cabeza!"
"그녀의 머리를 잘라라!"
"¡Córtale la cabeza a todos!"
"놈들의 머리를 다 잘라버려!"
De nuevo Alicia pensó para sí misma
앨리스는 다시 한 번 속으로 생각했다
"Son terriblemente aficionados a decapitar a la gente aquí"

"놈들은 여기서 사람들을 참수하는 것을 끔찍하게 좋아해"

"¡La gran maravilla es que quede alguien vivo!"

"대단한 경이로움은 살아 있는 사람이 있다는 것이야!"

Buscaba alguna vía de escape

그녀는 탈출구를 찾고 있었다

Notó una curiosa apariencia en el aire

그녀는 공중에 떠 있는 기이한 모습을 알아차렸다

«Es el gato de Cheshire», se dijo a sí misma

"체셔 고양이야." 그녀는 혼잣말을 했다

"Ahora tendré a alguien con quien hablar"

"이제 나는 이야기할 사람이 있을 것이다"

—¿Cómo te va? —preguntó el gato

"잘 지내고 있니?" 고양이가 말했다

—No creo que jueguen nada limpio —dijo Alicia—

"나는 그들이 전혀 공정하게 플레이한다고 생각하지 않아." 앨리스가 말했다

Y tenía un tono bastante quejumbroso

그리고 그녀는 다소 불평하는 어조를 가지고 있었다

"Todos se pelean tan terriblemente"

"그들이 모두 심히 다투는도다"

"Uno no se oye hablar"

"사람은 자기 자신이 말하는 것을 들을 수 없다"

"Y no parecen jugar con ninguna regla"

"그리고 그들은 어떤 규칙도 지키지 않는 것 같습니다."

el gato le hizo una pregunta a Alicia en voz baja

고양이는 앨리스에게 낮은 목소리로 물었다

—¿Qué te parece la reina?

"여왕님은 어때요?"

—No me gusta nada —dijo Alicia—

"나는 그녀를 전혀 좋아하지 않아." 앨리스가 말했다

Alicia pensó que sería mejor que volviera

앨리스는 돌아가는 게 나을지도 모른다고 생각했다

Quería ver cómo iba el partido

그녀는 게임이 어떻게 진행되고 있는지 보고 싶었다

Se fue en busca de su erizo

그녀는 고슴도치를 찾아 떠났습니다

El erizo estaba ocupado luchando contra otro erizo

고슴도치는 다른 고슴도치와 싸우느라 바빴습니다

Esta fue una excelente oportunidad

이것은 좋은 기회였습니다

Podía hacer croquet a un erizo con el otro

그녀는 고슴도치 한 마리와 다른 고슴도치를 고슴도치를 잡을 수 있었다

Pero su flamenco estaba al otro lado del jardín

하지만 그녀의 플라밍고는 정원 반대편에 있었습니다

El flamenco era bastante torpe

플라밍고는 다소 서툴렀습니다

Su flamenco intentaba volar hacia un árbol

그녀의 플라밍고는 나무 위로 날아오르려고 했습니다

Atrapó al flamenco por la pierna

그녀는 플라밍고의 다리를 잡았다

Y guardó el flamenco bajo el brazo

그리고 그녀는 플라밍고를 겨드랑이에 끼워 넣었다

De esa manera, el flamenco no pudo escapar de nuevo
그렇게 하면 플라밍고는 다시는 도망칠 수 없습니다
Justo en ese momento Alicia se encontró con la duquesa
바로 그때 앨리스는 우연히 공작 부인을 만났습니다
La duquesa ya había salido de la cárcel
공작 부인은 이제 감옥에서 나왔다
Metió cariñosamente su brazo bajo el brazo de Alicia
그녀는 다정하게 앨리스의 팔 밑으로 팔을 집어넣었다
Y luego se fueron juntos
그리고 그들은 함께 걸어 나갔다
Alicia se alegró mucho de encontrarla de tan buen humor
앨리스는 그녀가 그렇게 유쾌한 태도를 보이는 것을
보고 매우 기뻤다
Sin embargo, estaba un poco asustada
하지만 그녀는 조금 놀랐다
Oyó la voz de la duquesa cerca de su oído
그녀는 귀에 가까운 공작 부인의 목소리를 들었다
"Estás pensando en algo, querida"
"너 뭔가에 대해 생각하고 있잖아, 얘야"
"Y eso hace que te olvides de hablar"
"그리고 그것은 당신이 말하는 것을 잊게 만듭니다"
—El juego va bastante mejor ahora —dijo Alicia—
"이제 게임이 좀 좋아졌어." 앨리스가 말했다
Era una forma de mantener la conversación
그것은 대화를 계속하는 한 가지 방법이었습니다
-Así es -dijo la duquesa-
"정말 그렇습니다." 공작 부인이 말했다
"Y la moraleja de eso es esta:"
"그리고 그 교훈은 이것입니다 :"
"¡Es el amor el que lo hace todo!"
"모든 것을 하는 것은 사랑입니다!"
"El amor es lo que hace que el mundo gire"
"사랑은 세상을 돌아가게 하는 것입니다"
Alicia tenía otra explicación
앨리스는 또 다른 설명을 했다
"¡Lo hace todo el mundo ocupándose de sus propios

asuntos!"
"다들 자기 일에 신경을 써서 하는 거야!"
—¡Ah, bueno! Podrías tener razón"
"아, 글쎄요! 당신이 옳을 수 있습니다"
-Todo significa lo mismo -dijo la duquesa-
"모두 같은 의미입니다." 공작부인이 말했다
y hundió su afilada barbilla en el hombro de Alicia
그리고 그녀는 날카로운 작은 턱을 앨리스의 어깨에
파고들었다
"Y la moraleja de eso es esta"
"그리고 그 교훈은 이것입니다"
"Cuida el sentido"
"감각을 돌보십시오"
"Y entonces los sonidos se encargarán de sí mismos"
"그러면 소리는 저절로 해결될 것입니다"
Pero entonces el brazo de la duquesa empezó a temblar
하지만 이내 공작부인의 팔이 떨리기 시작했다
Alicia alzó la vista y allí estaba la reina
앨리스가 고개를 들었을 때, 여왕이 서 있었다
La reina tenía los brazos cruzados
여왕은 팔짱을 끼었다
¡Y ella fruncía el ceño como una tormenta eléctrica!
그리고 그녀는 천둥 번개처럼 얼굴을 찌푸리고
있었습니다!
—Te advierto —gritó la reina—
"공정한 경고를 주겠다." 여왕이 소리쳤다
Y pisoteó el suelo mientras hablaba
그리고 그녀는 말하면서 땅을 쿵쿵 밟았다
"O tu cabeza o la suya deben estar cortadas"
"당신의 머리나 그녀의 머리가 떨어져 있어야 합니다"
"¡Toma tu decisión!"
"너의 선택을 받아라!"
"Y ser rápido al respecto"
"그리고 그 일에 속히 대처하라"
La duquesa hizo su elección
공작 부인은 선택을 했다

Y al cabo de un instante la duquesa se fue
그리고 순식간에 공작 부인은 사라졌다
Entonces la reina le habló a Alicia
그런 다음 여왕은 앨리스에게 말했습니다
"Sigamos con el juego"
"게임을 계속합시다"
Alicia estaba demasiado asustada para decir una palabra
앨리스는 너무 무서워서 아무 말도 할 수 없었어요
Y la siguió lentamente hasta el campo de croquet
그리고 그녀는 천천히 그녀를 따라 크로켓 땅으로 갔다
Todo el tiempo la Reina se peleó con los otros jugadores
내내 여왕은 다른 플레이어들과 다툼을 벌였다
"¡Córtale la cabeza!"
"그의 머리를 잘라라!"
"¡Córtale la cabeza!"
"그녀의 머리를 잘라라!"
"¡Córtale la cabeza a todos!"
"놈들의 머리를 다 잘라버려!"
Pronto todos los jugadores estaban bajo custodia
얼마 지나지 않아 모든 선수들이 구금되었다
solo quedaron el rey, la reina y Alicia
왕과 왕비, 그리고 앨리스만이 남았다
Entonces la reina se marchó, casi sin aliento
그러고는 여왕이 숨을 몰아쉬며 떠났다
y se fue con Alicia
그리고 그녀는 앨리스와 함께 떠났다
Alicia oyó que el rey decía algo en voz baja
앨리스는 왕이 조용히 뭐라고 말하는 것을 들었다
"Estáis todos perdonados"
"여러분 모두 용서받았습니다"
Pero de repente se oyó otro grito
그런데 갑자기 또 다른 외침이 들렸다
"¡El juicio está comenzando!"
"재판이 시작되고 있다!"
y Alicia corrió con los demás
앨리스는 다른 사람들과 함께 달렸다

¿Quién robó las tartas?
누가 타르트를 훔쳤습니까?

El rey y la reina de corazones estaban sentados
마음의 왕과 여왕이 앉아 있었다
estaban en su trono cuando llegó Alicia
앨리스가 도착했을 때 그들은 왕좌에 앉아 있었습니다
Había una gran multitud reunida a su alrededor
그들 주위에는 큰 무리가 모여 있었다
Había todo tipo de pajaritos y bestias
온갖 종류의 작은 새와 짐승들이 있었습니다
Y allí estaba toda la baraja de cartas
그리고 거기에는 전체 카드 팩이 있었습니다
La sota estaba de pie frente a ellos, encadenada
칼은 쇠사슬에 묶인 채 그들 앞에 서 있었다
y había un soldado a cada lado para custodiarlo
그리고 양편에 그를 지키는 군인이 있었다
cerca del Rey estaba el conejo blanco
왕 곁에는 흰 토끼가 있었다
Tenía una trompeta en una mano
그는 한 손에 트럼펫을 들고 있었다
y tenía un rollo de pergamino en la otra mano
그리고 다른 손에는 양피지 두루마리를 들고 있었다
En el centro del patio había una mesa
코트 한가운데에는 탁자가 놓여 있었다
Sobre la mesa había un gran plato de tartas
탁자 위에는 커다란 타르트 접시가 놓여 있었다
«Ojalá hicieran el juicio», pensó Alicia
"그들이 재판을 끝내줬으면 좋겠어." 앨리스는 생각했다
—¡Entonces podríamos comer algunos de esos refrescos!
"그럼 그 다과를 좀 먹을 수 있겠어!"

El juez, por cierto, era el rey
그런데 재판관은 왕이었습니다
y llevaba su corona sobre su gran peluca
그는 큰 가발 위에 왕관을 썼다
«Ésa es la tribuna del jurado», pensó Alicia
"저게 배심원 상자야." 앨리스는 생각했다
"Y esas doce criaturas, supongo que son los miembros del jurado"
"그리고 그 열두 생물들, 그들이 배심원들인 것 같군"
algunos eran animales y otros eran pájaros
일부는 동물이었고 일부는 새였습니다
En ese momento el conejo blanco gritó
바로 그때 흰 토끼가 소리쳤습니다
"¡Silencio en la corte!"
"법정에서의 침묵!"
"¡Heraldo, lee la acusación!", dijo el rey
"전령이여, 고발장을 읽어 보시오!" 왕이 말했다
El Conejo Blanco tocó tres veces la trompeta
흰 토끼는 나팔을 세 번 불었다

Luego desenrolló el rollo de pergamino
그러고는 양피지 두루마리를 펼쳤다
Y leyó lo siguiente:
그는 다음과 같이 읽었다.
"La reina de corazones, hizo unas tartas"
"하트의 여왕, 그녀는 타르트를 만들었습니다."
"Todo esto lo hizo en un día de verano"
"이 모든 일을 그 여자는 여름날에 하였다"
"La sota de los corazones, robó esas tartas"
"마음의 칼날, 그는 그 타르트를 훔쳤다"
—¡Y se llevó esas tartas muy lejos!
"그리고 그는 그 타르트를 멀리 가져갔어!"
—Llama al primer testigo —dijo el rey—
"첫 번째 증인을 불러라." 왕이 말했다
y el conejo blanco tocó tres veces la trompeta
그리고 흰 토끼는 나팔을 세 번 불었다
"¡Traigan al primer testigo!", gritó
"첫 번째 증인을 데려오라!" 그가 소리쳤다
El primer testigo fue el sombrerero
첫 번째 증인은 모자 제작자였습니다
Entró con una taza de té en una mano
그는 한 손에 찻잔을 들고 들어왔다
Y tenía un pedazo de pan con mantequilla en la otra mano
그리고 다른 손에는 빵과 버터 한 조각을 들고 있었다
—Tendrías que haber terminado —dijo el rey—
"그대는 마땅히 끝냈어야 했다." 왕이 말했다
—¿Cuándo empezaste?
"언제부터 시작하셨어요?"
El sombrerero miró a la liebre de marcha
모자 제작자는 행진하는 토끼를 바라보았다
La Liebre de Marzo lo había seguido hasta el patio
행진의 토끼는 그를 따라 궁정으로 들어갔다
Había caminado del brazo del lirón
그는 잠쥐와 팔짱을 끼고 걸었다
—El catorce de marzo, creo que fue —dijo—
"3월 14일이었던 것 같아요." 그가 말했다

—Da tu testimonio —dijo el rey—

"증거를 내놓으라." 왕이 말했다

"Y no te pongas nervioso, o te haré ejecutar en el acto"

"긴장하지 마. 그렇지 않으면 그 자리에서 처형할 거야"

Esto no pareció animar en absoluto al testigo

이것은 그 증인에게 전혀 격려가 되지 않는 것 같았다

Seguía moviéndose de un pie al otro

그는 한 발에서 다른 발로 계속 움직였다

Y miró inquieto a la reina

그리고 그는 불안한 눈빛으로 여왕을 바라보았다

Y, en su confusión, mordió un gran trozo de su taza de té

그리고 혼란에 빠진 그는 찻잔에서 큰 조각을 깨물었다

En realidad, tenía la intención de morder de su pan y mantequilla

실제로 그는 빵과 버터를 한 입 베어 물려고 했습니다

Justo en ese momento, Alicia sintió una sensación muy curiosa

바로 이 순간 앨리스는 매우 이상한 느낌을 받았다

Empezaba a crecer de nuevo

그녀는 다시 커지기 시작했다

Al miserable sombrerero se le cayó la taza de té

비참한 모자 제작자는 찻잔을 떨어뜨렸다

y el pan y la mantequilla cayeron al suelo

그러자 빵과 버터가 땅에 떨어졌다

Y cayó sobre una rodilla

그리고 그는 한쪽 무릎을 꿇었다

—Soy un pobre hombre, majestad —comenzó—

"저는 불쌍한 사람입니다, 폐하." 그가 말을 시작했다

—Eres un orador muy malo —dijo el rey—

"그대는 말을 잘 못하네." 왕이 말했다

—Puedes irte —dijo el rey—

"가셔도 됩니다." 왕이 말했다

Y el sombrerero abandonó apresuradamente el patio

그리고 모자 제작자는 황급히 코트를 떠났다

—¡Llama al próximo testigo! —dijo el rey—

"다음 증인을 불러라!" 왕이 말했다

El siguiente testigo fue el cocinero de la duquesa
다음 증인은 공작 부인의 요리사였습니다
Llevaba la caja de pimienta en la mano
그녀는 손에 후추 상자를 들고 있었다
Y la gente que estaba cerca de la puerta empezó a estornudar de repente
그러자 문 근처에 있던 사람들이 일제히 재채기를 하기 시작했다
—Da tu testimonio —dijo el rey—
"증거를 내놓으라." 왕이 말했다
-No daré ninguna prueba -dijo el cocinero-
"증거를 제시하지 않겠다." 요리사가 말했다
El rey miró ansiosamente al conejo blanco
왕은 걱정스러운 눈빛으로 흰 토끼를 바라보았다
Y el conejo blanco habló en voz baja
그리고 흰 토끼는 조용한 목소리로 말했다
"Su Majestad debe interrogar a este testigo"
"폐하께서는 이 증인을 반대 심문하셔야 합니다."
"Bueno, si debo, debo", dijo el rey
"글쎄요, 꼭 해야 한다면, 해야만 합니다." 왕이 말했다
"¿De qué están hechas las tartas?"
"타르트는 무엇으로 만들어지나요?"
—Las tartas están hechas de pimienta, en su mayoría —dijo el cocinero—
"타르트는 대부분 후추로 만듭니다." 요리사가 말했다
Durante algunos minutos, toda la corte estuvo en confusión
몇 분 동안 법정 전체가 혼란에 빠졌다
Con el tiempo, todos se calmaron de nuevo
결국 그들은 모두 다시 정착했다
Pero para entonces el cocinero había desaparecido
하지만 그때는 이미 요리사가 사라진 뒤였다
"¡No importa!", dijo el rey
"신경 쓰지 마!" 왕이 말했다
"Llamar al estrado al próximo testigo"
"다음 증인을 단상으로 부르십시오"
Alicia observó al conejo blanco mientras él repasaba a

tientas la lista
앨리스는 흰 토끼가 목록을 더듬거리는 것을 지켜보았다
Puedes imaginar su sorpresa por lo que escuchó a continuación
그 여자가 다음에 들은 내용을 듣고 얼마나 놀랐을지 상상할 수 있을 것입니다
con su vocecita estridente, llamó el nombre de «¡Alicia!»
그는 날카롭고 작은 목소리로 "앨리스"라는 이름을 불렀다.

<h1 style="text-align:center">La evidencia de Alicia</h1>

앨리스의 증거

-¡Aquí! -exclamó Alicia-

"여기요!" 앨리스가 소리쳤다

Se levantó de un salto a toda prisa

그녀는 황급히 벌떡 일어났다

Y volcó el estrado del jurado

그리고 그녀는 배심원석을 뒤집어 엎었다

y derribó a todos los miembros del jurado

그리고 그녀는 모든 배심원들을 넘어뜨렸습니다

y cayeron sobre las cabezas de la muchedumbre de abajo

그리고 그들은 아래에 있는 군중의 머리 위로 떨어졌다

Alicia estaba muy consternada

앨리스는 몹시 당황스러웠다

"¡Oh, le ruego que me perdone!", exclamó

"아, 용서를 구합니다!" 그녀가 외쳤다

—El juicio no puede continuar —dijo el rey—

"재판은 진행할 수 없습니다." 왕이 말했다

"Los miembros del jurado deben volver a ocupar su lugar"

"배심원들은 제자리로 돌아가야 한다"

Repitió la orden con gran énfasis

그는 매우 강조하여 그 명령을 반복했다

y miró a Alicia con severidad

그는 앨리스를 엄하게 바라보았다

—¿Qué sabe usted de estos acontecimientos? —preguntó el rey a Alicia

"너는 이 사건들에 대해 뭘 알고 있니?" 왕이 앨리스에게 물었다

—No sé nada sobre el tema —dijo Alicia—

"나는 그 주제에 대해 아무것도 몰라." 앨리스가 말했다

Entonces el rey leyó de su libro

그런 다음 왕은 그의 책을 읽었습니다

"Regla cuarenta y dos"

"규칙 42"

"Todas las personas que tengan más de una milla de altura deben abandonar el tribunal"

"1마일 이상의 높이에 있는 사람은 모두 법정을 떠나야
한다"
—No mido ni una milla de altura —dijo Alicia—
"저는 키가 1마일도 안 돼요." 앨리스가 말했다
—Casi dos millas de altura —dijo la Reina—
"거의 2마일 높이입니다." 여왕이 말했다

—Bueno, me niego a ir —dijo Alicia—
"글쎄요, 저는 가지 않겠어요." 앨리스가 말했다
El rey palideció
왕의 얼굴이 창백해졌다
Y cerró apresuradamente su cuaderno de notas
그리고 그는 황급히 수첩을 닫았다
"Consideren su veredicto", le dijo al jurado
"당신의 평결을 생각해 보십시오." 그는 배심원들에게
말했다
Habló en voz baja y temblorosa
그는 낮고 떨리는 목소리로 말했다
Entonces habló el conejo blanco
그러자 흰 토끼가 말했다
"Todavía hay más pruebas por venir"

"아직 더 많은 증거가 있습니다"
Y se levantó de un salto a toda prisa
그리고 그는 황급히 벌떡 일어났다
"Este papel acaba de ser recogido"
"이 논문은 방금 주워졌습니다"
"Parece ser una carta escrita por el prisionero"
"죄수가 쓴 편지인 것 같다"
Desdobló el papel mientras hablaba
그는 말하면서 종이를 펼쳤다
"Al fin y al cabo, no es una carta"
"어쨌든 편지가 아니니까요"
"Lo que era era un conjunto de versos"
"그것이 무엇이었는지는 일련의 구절들이었다"
—Por favor, majestad —dijo el bribón—
"제발, 폐하." 칼날이 말했다
"Yo no escribí esos versos"
"나는 그 구절들을 쓰지 않았다"
"y no pueden probar que yo escribí nada"
"그리고 그들은 내가 아무것도 썼다는 것을 증명할 수
없습니다"
"No hay ningún nombre firmado al final"
"끝에 서명된 이름이 없습니다."
El rey le habló a la sota
왕은 칼에게 말했다
"Debes haber tenido la intención de causar algún daño"
"뭔가 장난을 치려고 했나 봐"
**"De lo contrario, habrías firmado con tu nombre como un
hombre honrado"**
"그렇지 않았다면 당신은 정직한 사람처럼 당신의
이름을 서명했을 것입니다."
Hubo un aplauso general
대체로 손뼉이 치지 않았다
Y el rey se volvió hacia el conejo blanco
왕은 흰 토끼에게로 돌아섰다
—Lee los versos —ordenó—
"그 구절들을 읽어 보시오." 그가 명령하였다

Hubo un silencio sepulcral en la corte
법정에는 죽은 듯 침묵이 흘렀다
Y el conejo blanco leyó los versos
그리고 흰 토끼는 그 구절들을 읽어 주었다
Me dijeron que habías estado con ella
그들은 당신이 그녀에게 가본 적이 있다고 말했습니다
Y me mencionaron a él
그리고 그들은 그에게 나를 언급했다
Ella me dio un buen carácter
그녀는 나에게 좋은 성격을 주었다
Pero ella dijo que yo no sabía nadar
하지만 어머니는 제가 수영을 못한다고 말씀하셨습니다
Les mandó decir que yo no había ido
그는 내가 가지 않았다는 말을 그들에게 보냈다
Sabemos que es verdad
우리는 그것이 참되다는 것을 압니다
Si ella insistiera en el asunto, ¿qué sería de ti?
만약 그녀가 그 일을 밀어붙인다면, 당신은 어떻게 될 것인가?
Yo le di uno, ellos le dieron dos
나는 그녀에게 하나를 줬고, 그들은 그에게 두 개를 주었다
Nos diste tres o más
당신은 우리에게 세 개 이상을 주었습니다
Todos volvieron de él a ti
그들은 모두 그에게서 너희에게로 돌아왔다
aunque antes eran míos
비록 그들이 전에 내 것이었지만
Si yo o ella tuviéramos la oportunidad de serlo
나 또는 그녀가 기회가 있다면
Si yo o ella estuviéramos involucrados en este asunto
만약 나나 그녀가 이 사건에 연루되었다면
Él confía en ti para liberarlos
그분은 당신이 그들을 자유롭게 하실 것을 신뢰하십니다
Exactamente como estábamos
우리가 그랬던 것처럼

Mi idea era que tú habías sido
내 생각에는 당신이 그랬다는 것입니다.
Antes de que ella tuviera este ataque
그녀가 이 핏을 갖기 전에는
Un obstáculo que se interpuso entre
그 사이에 끼어든 장애물
A Él, y a nosotros mismos, y a
그, 그리고 우리 자신, 그리고 그것
No le dejes saber que a ella le gustaban más
그녀가 그들을 가장 좋아한다는 것을 그에게 알리지
마십시오
Porque esto debe ser para siempre un secreto, guardado de todos los demás
이것은 영원히 비밀이 되어야 하며, 다른 모든
것으로부터 비밀이 되어야 하기 때문이다
Este secreto debe seguir siendo un secreto entre tú y yo
이 비밀은 너와 나 사이의 비밀로 남아 있어야 한다
El rey quedó muy impresionado
왕은 매우 감명을 받았습니다
"Esa es la prueba más importante que hemos escuchado hasta ahora"
"그것이 우리가 지금까지 들어본 가장 중요한
증거입니다."
—No creo que esos versos tengan un átomo de significado — objetó Alicia—
"나는 그 구절들이 어떤 의미를 담고 있다고 생각하지
않아요." 앨리스가 이의를 제기했다
el rey tenía su propia opinión al respecto
왕은 그 문제에 대해 자기 나름대로의 견해를 가지고
있었다
"Si no hay significado en esas palabras, eso salva un mundo de problemas"
"그 말에 의미가 없다면, 그것은 세상의 문제를 구할 수
있습니다."
"Entonces no necesitamos tratar de encontrar el significado"
"그렇다면 우리는 의미를 찾으려고 노력할 필요가

없습니다"
"Que el jurado considere su veredicto"
"배심원들이 그들의 평결을 고려하게 하라"
-¡No, no! -dijo la reina-
"안 돼, 안 돼!" 여왕이 말했다
"Primero la sentencia y después el veredicto"
"먼저 선고하고, 그 후에 판결을 내린다"
-¡Tonterías y tonterías! -exclamó Alicia en voz alta-
"말도 안 되는 소리야!" 앨리스가 큰 소리로 말했다
"¡Qué tontería es sentenciar al acusado primero!"
"피고인에게 먼저 형을 선고하는 것은 얼마나 어리석은
일인가!"

—¡Cállate la lengua! —dijo la reina, poniéndose morada —
"입 다물고 있어!" 여왕이 보라색으로 변하며 말했다
-¡No me callaré! -exclamó Alicia-
"나는 내 혀를 참지 않을 거야!" 앨리스가 말했다
—gritó la Reina a voz en cuello—
여왕은 목청껏 소리쳤다
"¡Córtale la cabeza!"
"그녀의 머리를 잘라라!"

Nadie hizo un movimiento
아무도 움직이지 않았다
-¿A quién le importa lo que digas? -dijo Alicia-
"네가 무슨 말을 하든 누가 신경 써?" 앨리스가 말했다
Para entonces ya había crecido hasta alcanzar su tamaño completo
이때쯤 그녀는 다 자란 몸집이 다 컸다
"¡No eres más que un mazo de cartas!"
"넌 그저 카드 뭉치일 뿐이야!"
Al oír esto, todas las cartas se alzaron en el aire
그러자 모든 카드가 공중으로 솟아올랐다
Y todas las cartas cayeron volando sobre ella
그러자 모든 카드가 그녀에게 날아들었다
Ella dio un pequeño grito
그녀는 작게 비명을 질렀다
Estaba medio asustada, pero también enojada
그녀는 반쯤 두려웠지만, 한편으로는 화가 났다
Y trató de quitarse las cartas de encima
그리고 그녀는 자신에게서 카드와 싸우려고
노력했습니다
Y entonces se encontró tendida en el banco de hierba
그리고 그녀는 풀밭에 쓰러져 있는 자신을 발견했다
Su cabeza estaba en el regazo de su hermana
그녀의 머리는 언니의 무릎에 있었다
Algunas hojas muertas habían caído en su cara
죽은 나뭇잎 몇 장이 그녀의 얼굴에 떨어졌다
Y su hermana estaba cepillando suavemente las hojas
그리고 그녀의 여동생은 나뭇잎을 부드럽게 털어내고
있었다
-¡Despierta, querida Alicia! -dijo su hermana-
"일어나, 앨리스!" 언니가 말했다
—¡Qué sueño tan largo has tenido!
"참 오래 잤구나!"
-¡Oh, he tenido un sueño tan curioso! -exclamó Alicia-
"아, 정말 신기한 꿈을 꿨어요!" 앨리스가 말했어요
Y le contó a su hermana todo lo que podía recordar

그리고 그녀는 언니에게 자신이 기억할 수 있는 모든
것을 말해 주었다
todas las extrañas aventuras sobre las que acabas de leer
당신이 방금 읽은 모든 이상한 모험
Alicia se levantó y salió corriendo
앨리스는 일어나서 도망쳤다
Y pensó, mientras corría, en su sueño
그녀는 달리는 동안 자신의 꿈에 대해 생각했다
—¡Qué sueño tan maravilloso había sido!
"얼마나 멋진 꿈이었던가!"

www.ingramcontent.com/pod-product-compliance
Lightning Source LLC
Chambersburg PA
CBHW011045190726
48290CB00011B/3013